이방인

클래식 라이브러리　016

L'Étranger
by Albert Camus

이방인

클래식 라이브러리 016
L'Étranger

알베르 카뮈 지음
박언주 옮김

arte

일러두기

1 이 책은 Albert Camus, *L'Étranger*(Gallimard, 1942)를 옮긴 것이다.
2 인명, 지명 등 외국어의 우리말 표기는 국립국어원 외래어표기법에 따르되,
  일부 예외를 두었다.

차례

1부

1

오늘, 엄마가 죽었다. 아니 어쩌면 어제일지도 모르겠다. 양로 원으로부터 전보 한 통을 받았다.

"모친 사망. 내일 장례식. 삼가 조의."

전보만으로는 아무것도 알 수가 없다. 아마 어제였을 것이다.

양로원은 알제에서 80킬로미터 떨어진 마랭고에 있다. 2시에 버스를 타면, 오후에 도착한다. 그러면 밤을 새우고, 내일 저녁에 돌아오면 된다. 사장에게 이틀간의 휴가를 신청했다. 이유가 이유이니 만큼 사장은 거절하지 못했다. 하지만 마땅찮은 눈치였다. 나는 이렇게까지 말했다. "제 잘못이 아닙니다." 사장은 아무 대답이 없었다. 그제서야 나는 그런 말은 하지 않는 편이 나았겠다는 생각이 들었다. 어쨌든 내가 변명할 필요는 없었다. 오히려 나에게 조의를 표해야 할 사람은 사장이었다. 아마 모레, 상중인 내 모습을 보면 사장은 분명 조의를 표할 것이다. 지금으로서는 어찌 보면 엄마가 죽지 않은 것 같다. 장례를 치르고 나면 엄마의 죽음은 기정사실이 될 것이고, 모든 것이 좀 더 공식적인 모양새를 취하게 될 것이다.

두 시에 버스를 탔다. 날이 몹시 더웠다. 여느 때처럼 나는 셀레스트의 식당에서 점심을 먹었다. 모두들 내 사정을 마음 아파해 주었고, 셀레스트는 이렇게 말했다. "어머니는 한 분뿐이니 말이야." 식당을 나올 때는 사람들이 문앞까지 나를 배웅해 주었다. 나는 약간 정신이 없었다. 검은 넥타이와 상장을 빌리러 에마뉘엘의 집에 들러야 했기 때문이다. 에마뉘엘은 몇 달 전에 삼촌을 잃었다.

나는 버스를 놓치지 않으려고 뛰어갔다. 그렇게 서둘러 뛰어간 데다 버스의 진동, 휘발유 냄새, 도로와 하늘에 반사된 햇빛, 아마 그 모든 것 때문에 나는 깜박 잠이 들었던 것 같다. 도착할 때까지 거의 내처 잤다. 눈을 뜨니 옆자리의 어떤 군인에게 기댄 채였다. 씩 웃어 보인 군인은 멀리서 오는 길이냐고 물었다. 나는 더 길게 말하기가 싫어서 "네."라고 대답했다.

양로원은 마을에서 2킬로미터 떨어진 곳에 있었다. 나는 양로원까지 걸어갔다. 도착하자마자 엄마를 보고 싶었지만 양로원 관리인의 말로는 양로원 원장부터 만나야 한다고 했다. 원장이 바쁜 관계로 나는 잠시 기다렸다. 기다리는 동안 관리인은 이야기를 계속했고, 그 후에야 나는 원장을 만날 수 있었다. 원장은 자기 사무실에서 나를 맞아주었다. 키가 작은 노인이었는데, 레지옹 도네르 훈장을 달고 있었다. 그는 맑은 두 눈으로 나를 쳐다보았다. 그러고는 나와 악수를 했는데, 잡은 손을 너무 오랫동안 놓아주지 않는 바람에 나는 손을 어떻게 빼내야 할지 몰라 당황스러웠다. 원장은 서류를 뒤적이며 내게 말했다. "뫼르소 부인은 3년 전에 이곳에 들어오셨군요. 의지할 데라곤 선생님밖에 없었고요." 왠지 나를 비난하는 것 같은 생각이 들어 그에게 설명하기 시작했다. 그러나 원장은 내 말을 가로막으며 말했다. "변명하실 필요는 없습니다, 젊은 양반. 어머님의 서류를 읽어 봤습니다. 어머님을 부양할 만한 처지는 아니셨더군요. 어머님께는 돌봐 줄 사람이 필요했는데, 선생님 월급은 많은 편도 아니고요. 모든 걸 고려해 보면, 어머님은 여기 계신 것이 더 행복하셨겠네요." 내가 말했다. "네, 원장님." 원장이 덧붙였다. "어머님께는 동년배의 친구분들이 계셨어요. 그분들과는 옛날이야기도 함께 나눌 수 있었고요. 아드님은 젊으시니, 아무래도 아드님과는 지내기가 적적하셨을 겁니다."

　　그건 맞는 말이었다. 집에 있을 때, 엄마는 아무 말 없이 나를 쭉 지켜보기만 하면서 시간을 보냈다. 양로원에 들어가고 처음 며칠 동안, 엄마는 자주 울었다. 하지만 그것은 습관 때문이었다. 몇 달이 지나고 나서, 엄마를 양로원에서 데리고 나왔더라도 울었을 것이다. 그 역시 습관 때문이다. 마지막 해에 내가 양로원을 거의 찾지 않는 데는 그 이유도 어느 정도는 있었다. 일요일을 온종일 할애해야 한다는 것도 한 가지 이유였다. ― 버스정류장까지 가서 버스표를 사고, 또 두 시간을 달려야 하는 수고는 고사하고도 말이다.

　　원장의 말은 계속 이어졌다. 하지만 나는 제대로 듣지 않았다. 이윽고 그는 이렇게 말했다. "어머니를 뵙고 싶으실 것 같군요." 나는 잠자코 자리에서 일어났고, 원장은 방문 쪽으로 앞장서 걸어갔다. 계단참에서 그가 알려주었다. "양로원에 있는 작은 영안실로 시신을 옮겨놓았습니다. 다른 사람들을 자극하지 않기 위해서이지요. 여기서는 사망자가 생길 때마다, 다른 사람들도 2~3일 동안은 신경이 예민해집니다. 그러면 저희도 재원자들을 돌보기가 어려워지거든요." 원장과 나는 마당을 가로질러 갔다. 마당에는 노인들이 삼삼오오 모여 이야기를 하고 있었다. 우리가 지나갈 때는 잠시 말을 끊었다가, 지나가고 나면 우리 뒤에서 다시 대화가 이어졌다. 그 소리가 마치 앵무새들이 낮게 재잘거리는 것처럼 들렸다.

조그만 건물의 입구에 다다르자, 원장은 나만 두고 돌아갔다. "뫼르소 선생, 저는 그만 가보겠습니다. 제 방으로 오시면 언제든 저를 만날 수 있습니다. 원칙상, 장례식은 오전 10시입니다. 그 시간이면, 선생님도 고인 곁에서 밤샘 애도 할 수 있으리라 생각합니다. 끝으로 한 말씀드리면, 어머님께서는 여기 친구분들에게 장례를 종교장으로 치르고 싶다는 뜻을 자주 전하셨다고 합니다. 필요한 준비는 제가 다 해놓았습니다. 미리 알려드립니다." 나는 원장에게 감사 인사를 했다. 엄마는 무신론자는 아니었지만, 살아생전 종교를 생각해 본 적은 한 번도 없었다.

나는 안으로 들어갔다. 하얗게 회칠을 하고 대형 유리창이 달린 굉장히 환한 방이었다. 의자 여러 개와 X자 모양의 받침대들만 놓여 있었다. 방 중앙에 놓인 두 개의 받침대 위에 뚜껑 덮인 관이 놓여 있었다. 갈색의 호두 기름칠을 한 나무판 위에 끝까지 조이지 않은 채 번쩍대는 나사못들만 유난히 눈에 띄었다. 관 옆에는 흰색 가운을 입고 짙은 색깔의 스카프를 머리에 쓴 아랍인 간호사 한 명이 앉아있었다.

바로 그때 관리인이 뒤따라 들어왔다. 뛰어온 것이 분명했다. 그는 약간 더듬거리며 말했다. "입관은 했습니다만, 보시려면 나사를 풀어드려야겠지요." 그가 관 가까이 다가가자 내가 그를 제지했다. 그가 물었다. "안 보시려고요?" "네." 나는 대답했다. 그가 말을 끊었고, 나는 괜히 그런 말을 했나 싶은 느낌이 들어 불편해졌다. 잠시 후, 그가 나를 쳐다보며 물었다. "왜요?" 비난하는 투는 아니었고, 그냥 물어나 보자는 것 같았다. 내가 말했다. "모르겠습니다." 그러자 관리인은 하얀 콧수염을 만지작거리며 내 쪽을 보지 않고 말했다. "이해합니다." 관리인의 맑고 푸른 눈은 아름다웠고, 얼굴색은 약간 붉었다. 그는 나에게 의자를 하나 내 주고 자기도 내 뒤에 조금 떨어져 앉았다. 간호사가 일어서더니 문 쪽으로 걸어갔다. 그때 관리인이 내게 말했다. "종양이 있답니다." 나는 무슨 말인지 몰라 간호사를 쳐다보았다. 머리를 빙 둘러 감은 붕대가 두 눈 아래까지 감겨 있었다. 코 부위에 감긴 붕대는 평평했다. 그녀의 얼굴에는 하얀 붕대밖에 보이지 않았다.

간호사가 방을 나가자, 관리인이 말했다. "혼자 계시게 해 드리지요." 내가 어떤 몸짓을 했는지 모르겠으나, 관리인은 내 뒤에 계속서 있었다. 나는 그가 뒤에 서 있는 것이 불편했다. 방 안에는 늦은 오후의 아름다운 햇빛이 가득 들어찼다. 말벌 두 마리가 창 밖에 붙어 윙윙거렸다. 나는 졸음이 몰려오는 걸 느꼈다. 뒤를 돌아보지는 않고, 관리인에게 물었다. "여기서 일한 지 오래되셨습니까?" 물어보자마자 그가 대답했다. "5년이요." 마치 아까부터 내가 물어봐주기를 기다린 것 같았다.

그다음부터 그의 수다가 시작되었다. 마렝고의 양로원 관리인으로 살다 죽게 될 줄은 정말 생각지도 못했다고. 그는 예순 네 살이고, 파리 출신이었다. 내가 그의 말을 끊고 물었다. "아, 여기 분이 아니신가요?" 그러고 보니, 원장실로 나를 안내하기 전에 그가 내게 엄마 얘기를 했던 것이 떠올랐다. 이곳은 특히나 평야 지역이라 날씨가 덥기 때문에 엄마를 서둘러 매장해야 한다는 말이었다. 자기는 파리에 살았고 그곳을 좀처럼 잊기 힘들다고 말한 것도 바로 그때다. 파리에서는 보통 시신을 사흘, 가끔은 나흘 정도 그냥 둘 수 있지만 여기에서는 시간이 없어서, 영구차부터 쫓아 나서야 한다는 것이었다. 그러자 관리인의 아내가 말했다. "그만해요. 이분께 할 말은 아니잖아요." 관리인은 얼굴이 붉어지더니 미안하다고 했다. 내가 끼어들어 말했다. "아닙니다. 절대 아니에요." 관리인의 이야기는 흥미롭기도 했다.

그 작은 영안실에서, 관리인은 자기가 극빈자 신분으로 양로원에 들어왔다고 말해 주었다. 자신은 건강하다고 생각해, 그 관리인 자리를 자원했다고 했다. 나는 관리인 역시 결국은 재원자 중 하나가 아니냐고 했더니 그는 아니라고 했다. 나는 그가 재원 노인들 이야기를 할 때, '그 사람들', '다른 사람들', 드물게는 '늙은이들'이라고 칭하는 것을 보고 진작부터 놀라고 있었다. 그중에는 자기보다 나이가 어린 사람들도 몇몇 있었기 때문이다. 하지만 다른 재원자들과 관리인은 엄연히 달랐다. 관리인인 만큼 그곳 노인들에 대해서 권리를 갖고 있었다.

그때 간호사가 들어왔다. 순식간에 날이 저물어 갔다. 큰 유리창 위로 어둠이 빠르게 짙어졌다. 관리인이 전등 스위치를 돌렸고, 갑자기 쏟아진 불빛에 눈이 부셔 잠시 눈앞이 깜깜해졌다. 그가 식당으로 저녁을 먹으러 가자고 했지만 나는 아직 배가 고프지 않다고 말했다. 그러자 그는 밀크커피를 한 잔 가져다주겠다고 했다. 나는 밀크커피를 아주 좋아했기 때문에 그러라고 했고, 잠시 후 그가 쟁반을 하나 들고 돌아왔다. 나는 밀크커피를 마셨다. 그러자 담배 생각이 간절했다. 하지만 엄마 시신 앞에서 그래도 되는지 망설였다. 곰곰이 생각해 보니 담배는 하나도 중요한 문제가 아니었다. 나는 관리인에게도 한 대를 권했고, 우리는 같이 담배를 피웠다.

문득 그가 말했다. "그런데요, 어머님 친구 분들도 밤샘을 하러 오실 겁니다. 그게 관례거든요. 가서 의자와 블랙커피를 좀 가져와 야겠습니다." 나는 하얀 벽에 반사되는 불빛이 피곤해 전등 여러 개 중에서 하나만 끄면 안 되는지 관리인에게 물었다. 그는 안 된다고 했다. 설비가 그렇게 되어 있어서, 다 키든지 다 끄든지 둘 중 하나만 가능하다는 것이다. 이후로는 관리인에게 더 이상 신경을 쓰지 않았 다. 그는 나갔다가 다시 들어와 의자를 여러 개 배열해놓았다. 그중 하나에다 커피포트를 놓고 그 주변으로 커피 잔 여러 개를 놓았다. 그러고는 관의 건너편으로 가서 나와 마주 앉았다. 간호사도 방 안 쪽에 등을 돌리고 앉아있었다. 그녀가 무엇을 하는지는 보이지 않았 지만 팔놀림으로 보아, 뜨개질 중이라는 것을 짐작할 수 있었다. 날 은 따뜻했고, 커피를 마셔 몸은 훈훈했고, 열린 문을 통해 밤의 향 기와 꽃향기가 흘러들어왔다. 내가 약간 졸았던 모양이다.

뭔가 스치는 소리에 나는 잠이 깼다. 눈을 감고 있었던 터라, 흰색의 실내가 훨씬 더 눈부시게 느껴졌다. 눈앞에는 그림자 한 점 보이지 않았고, 물건 하나하나, 모서리 하나하나, 둥그런 윤곽선들 이 죄다 내 두 눈을 찌를 듯 또렷하게 도드라져 보였다. 엄마의 친구 들이 들어온 것은 바로 그때다. 모두 열 명 안팎이었는데, 소리 없이 그 눈부신 빛 속으로 미끄러지듯 슬며시 들어왔다. 그들은 의자 끄 는 소리 하나 내지 않고 자리에 앉았다. 나는 마치 사람을 처음 본 것처럼 그들을 쳐다보았고, 그들의 얼굴이나 옷차림의 사소한 부분

하나까지도 놓치지 않았다. 그런데도 그들이 아무런 소리를 내지 않았기 때문에 정말로 거기 있는지 믿기 어려울 정도였다. 여자들은 거의 대부분이 앞치마를 두르고 있었고, 허리를 앞치마 끈으로 꽉 조여 매 불룩한 배가 더 튀어나와 있었다. 난 그때까지 나이 든 여자들의 배가 어디까지 나올 수 있는지 눈여겨본 적이 한 번도 없었다. 남자들은 대부분 몹시 마르고, 지팡이를 짚고 있었다. 내가 그들의 얼굴을 보고 놀란 것은, 눈은 보이지도 않고, 주름살투성이의 얼굴 한가운데 생기 없는 흐릿한 빛만 보였기 때문이다. 자리에 앉자 그들은 대부분 나를 쳐다보았고 이 없는 입 속으로 입술이 완전히 말려 들어간 채, 불편하게 고개를 끄덕였다. 그 고갯짓이 나에게 인사를 하는 것인지, 그냥 버릇인지는 알 수가 없었다. 인사였을 거라고 나는 생각한다. 그 노인들이 모두 관리인 곁에 둘러앉아 나를 마주 보며 고갯짓을 하고 있음을 깨달은 건 바로 그때다. 나는 순간적으로 그들이 나를 심판하기 위해 거기 와 있다는 어처구니없는 느낌이 들었다.

잠시 후, 한 할머니가 울기 시작했다. 그녀는 두 번째 줄에 앉아있어서 앞줄에 앉은 다른 할머니에 가려져 잘 보이지 않았다. 그녀는 일정한 간격을 두고 나지막이 울먹였다. 내겐 그 울음이 언제까지고 계속될 것만 같이 느껴졌다. 다른 노인들에게는 그 흐느낌이 들리지 않는 듯했다. 그들은 맥없이, 침울한 표정에 아무 말이 없었다. 앞에 놓인 관이나 자기 지팡이, 아니면 눈에 들어오는 무엇, 오로지 그것만 쳐다보았다. 노파는 계속 울고 있었다. 내가 모르는 사람이라 의외였다. 나는 울음소리를 더 듣고 싶지 않았다. 하지만 감히 그 말을 하지는 못했다. 관리인이 그 할머니 쪽으로 몸을 기울여 무슨 말인가 했지만, 할머니는 고개를 가로젓고는 뭔가 중얼거리더니 변함없이 일정한 리듬으로 울었다. 그러자 관리인이 내 쪽으로 와서 옆에 앉았다. 한참이 지난 후에야 관리인은 나를 쳐다보지 않고 말했다. "어머님과 굉장히 가까운 사이셨습니다. 이 양로원에서 어머님이 유일한 친구였는데, 이제는 아무도 없다고 하시네요."

우리는 오랫동안 그렇게 있었다. 할머니의 흐느낌과 한숨이 좀 뜸해졌다. 할머니는 코를 심하게 훌쩍거렸다. 마침내 그녀의 울음이 그쳤다. 나는 더는 졸리지 않았지만 피곤하고 허리가 아팠다. 이번에는 그들 모두의 침묵이 견디기 힘들었다. 이따금 특이한 소리만이 들려왔는데, 그게 무슨 소리인지는 알 수 없었다. 한참 만에 나는 노인들 몇 명이 양 볼 안쪽을 빨아 당겨서 혀를 차는 듯한 괴상한 소리를 낸다는 것을 알게 되었다. 그 노인들은 나름의 생각 속에 빠져 있느라 본인들의 입에서 그런 소리가 나는지도 몰랐다. 나는 그 사람들 앞에 누워있는 엄마가 그들에게 아무런 의미도 없는 것 같은 느낌마저 들었다. 하지만 지금 생각해 보면 그건 잘못된 느낌이었다.

우리 모두 관리인이 따라 준 커피를 마셨다. 그다음에는 무슨 일이 있었는지 모르겠다. 밤이 지나갔다. 내가 기억하는 것은 문득 눈을 떴을 때 노인들이 구부정한 자세로 서로 기댄 채 잠들어 있었고, 유일하게 깨어있던 한 노인이 지팡이를 눌러 짚은 두 손등에 턱을 괸 채 내가 깨어나기만을 기다린 것처럼 나를 뚫어져라 바라보고 있었다는 것이다. 그리고 나는 다시 잠이 들었다. 허리가 점점 더 아파오는 바람에 잠에서 깼다. 유리창 위로 날이 조금씩 밝아오고 있었다. 금세, 한 노인이 눈을 뜨더니 심하게 기침을 해댔다. 그는 체크 무늬의 커다란 손수건에 연신 가래를 뱉어냈는데, 그때마다 속까지 다 쓸려 나올 것만 같았다. 노인이 다른 노인들을 깨우자 관리인이 그들에게 이제 가 봐야 한다고 했다. 그들이 자리에서 일어났다. 힘들게 밤을 새우고 난 노인들의 얼굴은 잿빛으로 변해 있었다. 굉장히 놀랍게도 영안실을 나서던 그들은 한 사람도 빠짐없이 나와 악수를 했다 ― 말 한마디 나누지 않았던 지난밤이 우리를 서로 가깝게 만들어주기라도 한 것처럼.

나는 피곤했다. 관리인이 자기 숙소로 나를 데리고 가주어서 대충 세면을 할 수 있었다. 밀크커피를 또 마셨는데, 아주 맛있었다. 관리인의 집에서 나오니, 날은 완전히 밝아 있었다. 마랭고와 바다 사이에 자리한 언덕 위로 보이는 하늘은 온통 붉은색이었다. 언덕 저쪽에서 불어오는 바람이 나에게까지 소금 냄새를 실어다 주고 있었다. 아름다운 하루가 막 시작되려는 참이었다. 시골에 가 본 지가 꽤 오래되었던 나는, 엄마 일만 아니라면, 산책이나 하면서 얼마나 즐거울까 하고 생각했다.

나는 마당에 있는 플라타너스 나무 아래서 기다렸다. 상쾌한 흙냄새를 맡으니 더 이상 졸리지도 않았다. 사무실 동료들이 생각났다. 그 시간이면 출근하려고 잠자리에서 일어날 때였다. 나에게는 항상 가장 힘든 시간이기도 했다. 잠시 그런 생각들에 골똘히 빠져 있었지만, 건물들 안에서 울리는 종소리 때문에 생각이 달아나 버렸다. 창문 안쪽에서 시끌벅적한 소리가 들리는가 싶더니 이내 잠잠해졌다. 해가 중천을 향해 좀 더 높이 솟아올랐다. 그 때문에 내 발밑도 서서히 뜨거워지기 시작했다. 관리인이 마당을 가로질러 와서는 원장이 나를 찾는다고 말했다. 원장실로 갔다. 원장이 몇 장의 서류에 사인을 하라고 했다. 그가 줄무늬 바지에 검은색 복장을 하고 있는 것이 보였다. 그는 전화를 받아 들고 내게 말을 건넸다. "장의사 직원들이 좀 전에 도착했다는군요. 와서 관 뚜껑을 봉해 달라고 전할 참인데, 그전에 어머님을 마지막으로 한 번 보시겠습니까?" 나는 보지 않겠다고 했다. 원장은 수화기에 대고 나지막한 목소리로 지시했다. "피작, 이제 시작해도 된다고 전하게."

그러고 나서 원장은 자기도 장례식에 참석할 것이라고 했고, 나는 감사하다고 했다. 그는 책상 뒤에 앉아 짧은 다리를 꼬았다. 본인과 나, 그리고 당직 간호사만이 장례식에 참석할 것이라고 알려 주었다. 원칙적으로, 재원자들은 장례식에 참석할 수 없었다. 원장은 밤샘만 허락해 준다며 말했다. "그건 인간적인 문제니까요." 하지만 이번에만 특별히, 어머니의 오랜 친구 한 명에게 운구 행렬을 따라갈 수 있도록 허락해주었다. "토마 페레스라고." 이때, 원장은 씩 웃으며 말했다. "이해하셔야죠, 좀 유치한 감정이긴 하지만, 그 친구분과 모친께서는 늘 붙어 다니셨습니다. 양로원 사람들이 놀리기도 하고, 페레스한테는 '자네 약혼녀잖아.'라고들 했죠. 페레스는 웃기만 했고. 그런 걸 두 분 다 즐거워했지요. 그러니 뫼르소 부인이 돌아가신 게 페레스에게 큰 충격인 것은 사실입니다. 저로서는 그가 장례식에 참석하는 것을 막을 수 없었습니다. 하지만 왕진 의사의 자문에 따라, 어제 밤샘은 못하게 했던 게지요."

우리는 꽤 오랫동안 말없이 앉아있었다. 원장이 자리에서 일어나 원장실 창밖을 내다보다 말했다. "마랭고 신부님이 벌써 와 계시네. 일찍들 왔군." 원장은 마을에 있는 교회에 도착하려면 적어도 45분은 걸어야 할 거라고 미리 말해 주었다. 원장과 나는 마당으로 내려갔다. 건물 앞에는 신부님과 어린 복사 두 명이 와 있었다. 둘 중

한 명이 향로를 들고 있었고, 신부가 아이 쪽으로 몸을 기울여 향로에 달린 은줄 길이를 조절해 주고 있었다. 우리가 다가가자, 신부가 몸을 일으켰다. 신부는 나를 '우리 아드님'이라고 부르며 몇 마디 했다. 그러고는 그가 건물 안으로 들어가고 나도 따라 들어갔다.

영안실에 들어서니, 나사못이 단단히 박힌 관 뚜껑과 검은색 옷차림의 남자 네 명이 한눈에 들어왔다. 영구차가 바깥 도로에 대기 중이라는 원장의 말과 신부가 기도를 시작하는 소리가 동시에 들렸다. 그때부터는 모든 것이 빠른 속도로 진행되었다. 네 명의 남자가 관을 덮을 큰 천을 들고 관 쪽으로 다가갔다. 신부, 복사 둘, 원장 그리고 나는 밖으로 나왔다. 내가 모르는 여자 한 명이 문 앞에 서 있었다. "이쪽은 뫼르소 씨." 원장이 말했다. 여자의 이름은 잘 듣지 못했고, 당직 간호사라는 정도만 알아들었다. 여자는 웃음기 하나 없이 길쭉하고 깡마른 얼굴을 숙여 목례를 했다. 그러고 나서 우리는 운구 행렬이 지나갈 수 있도록 옆으로 쭉 비켜섰다. 우리는 관을 든 인부들 뒤를 따라 양로원을 빠져나왔다. 정문 앞에 영구차가 서 있었다. 가로로 길쭉하고 니스 칠을 해 광이 나는 영구차는 필통을 연상시켰다. 그 옆에는 우스꽝스러운 복장을 한 키 작은 장례 집행인이 서 있었고, 어딘가 어색해 보이는 노인도 한 명 있었다. 나는 그가 페레스 씨라는 것을 알 수 있었다. 정수리 부분이 둥글고 챙이 넓은 부드러운 펠트 모자(관이 정문을 통과해 나갈 때는 모자를 벗었다)에 양복 차림이었는데 구두를 덮은 바지 자락은 돌돌 말려있었고, 큼직한 흰색 칼라가 달린 와이셔츠에 검정색 나비 넥타이는 너무 작아 보였다. 까만 점투성이 코 아래에서 그의 입술이 바르르 떨리고 있었다. 가느다란 백발 아래로 특이하게 생긴 귀가 삐져나와 있었는데, 귓바퀴가 제대로 안 접힌 데다 축 늘어져 있었고, 창백한 낯빛과는 달리 피처럼 새빨간 것이 무척이나 인상적이었다. 장례 집행인이 우리에게 각자의 자리를 정해 주었다. 신부가 제일 선두였고, 그 뒤가 영구차였다. 영구차 주변으로 네 명의 인부가 섰다. 그 뒤가 원장과 내 자리였고, 제일 마지막이 당직 간호사와 페레스 영감이었다.

하늘은 벌써 태양으로 가득했다. 태양이 땅바닥을 짓누르기 시작했고, 날은 급속도로 더워지고 있었다. 운구 행렬이 출발할 때까지 왜 그렇게 오래 기다려야 했는지 모르겠다. 나는 짙은 색 옷을 입어 더웠다. 모자를 다시 썼던 키 작은 노인이 또 한 번 모자를 벗었다. 내가 노인 쪽으로 살짝 돌아서 그를 쳐다보고 있을 때, 원장이 그에 관한 이야기를 했다. 어머니와 페레스 영감이 저녁이면 간호사 한 명을 동반하여 마을까지 자주 산책을 나갔다고 했다. 나는 주변의 풍경을 바라보았다. 하늘에 닿을 듯 솟은 언덕까지 줄지어 늘어선 편백나무, 적갈색과 초록색의 대지, 드문드문 보이는 윤곽선이 또렷한 집들을 보니, 나는 엄마를 이해할 수 있었다. 이 고장에서 저녁이란 분명 쓸쓸한 휴식시간 같은 것이었으리라. 오늘은, 그 풍경을 소스라치듯 떨게 하는 넘치는 태양이 그곳을 비인간적으로 만들고 진을 빼놓는 듯 했다.

운구 행렬이 출발했다. 그때 나는 페레스 영감이 다리를 절뚝인다는 것을 알아챘다. 영구차가 조금씩 속도를 내자, 노인은 뒤처지기 시작했다. 영구차 옆에서 걸어가던 인부 하나도 뒤처지더니, 이제는 내 옆에서 걷고 있었다. 나는 태양이 솟아오르는 빠른 속도에 놀라고 있었다. 벌써 한참 전부터 나는 벌레 우는 소리와 서걱거리는 풀 소리가 웅성대듯 들판을 채우고 있음을 깨달았다. 뺨 위로 땀이 흘러내렸다. 모자가 없었던 나는 손수건으로 부채질을 했다. 그때 장의사 직원 하나가 내게 뭐라고 이야기를 했는데, 알아듣지는 못했다. 그는 말을 하면서 오른손으로 자기 모자챙을 들어올려, 왼손에 쥐고 있던 손수건으로 머리의 땀을 닦았다. 내가 물었다. "뭐라고요?" 그가 하늘을 가리키며 다시 말했다. "정말 뜨겁다고요." 내가 말했다. "예." 잠시 후, 그가 물었다. "고인이 선생님 모친이신가요?" 나는 다시 말했다. "예." "연세가 많으셨나요?" "그렇죠, 뭐." 나는 정확한 나이를 몰라 그렇게 대답했다. 그러자 그는 입을 다물었다. 뒤를 돌아보니 50미터쯤 뒤쳐져 오는 페레스 영감이 보였다. 손에 든 펠트 모자를 앞뒤로 흔들며 서둘러 쫓아오고 있었다. 나는 원장도 쳐다보았다. 원장은 불필요한 몸짓 없이 아주 근엄한 자세로 걷고 있었다. 이마엔 땀방울이 송글송글 맺혀 있었지만, 그는 닦지 않았다.

운구 행렬의 속도가 좀 더 빨라진 것 같았다. 주변 들판은 아까와 똑같이 태양을 잔뜩 머금은 채 빛나고 있었다. 쏟아지는 햇빛이 견디기 힘들었다. 어느 순간, 우리는 최근에 일부 새로 포장한 도로를 지나갔다. 포장된 아스팔트가 열기에 점점 녹아내렸다. 녹은 아스팔트에 발이 푹푹 빠지는 바람에 그 번들거리는 속살이 드러났다. 영구차 너머로 보이는 마부의 삶은 가죽 모자는 그 검은 아스팔트 진창을 빚어 만든 것 같았다. 파헤쳐진 아스팔트의 끈적끈적한 검은색, 상복의 탁한 검은색, 영구차의 번들거리는 검은색이 만들어내는 단조로움과 푸르고 새하얀 하늘 사이에서 나는 약간 어지러웠다. 태양, 가죽 냄새, 영구차를 끄는 말의 말똥 냄새, 니스 냄새, 향냄새, 밤샘 이후의 피곤함, 이 모든 것들 때문에 눈도 흐릿하고, 머릿속도 어지러웠다. 다시 뒤를 돌아보았다. 사방에서 몰려드는 열기 속에 파묻힌 페레스 영감이 까마득히 보이는 듯싶더니, 이내 시야에서 사라졌다. 나는 눈으로 그를 찾았다. 그가 도로를 벗어나 들판을 가로질러 가는 것이 보였다. 내 앞에서 길이 굽어지기 시작하는 것도 보였다. 그 동네 지리를 잘 아는 페레스가 우리를 따라잡으려고 지름길을 택했음을 알 수 있었다. 길이 굽어지는 지점에서 영감은 우리와 합류했다. 그러더니 다시 사라졌다. 그는 또 한 번 들판을 가로지르더니 이후로도 여러 번 되풀이했다. 내 관자놀이에서 피가 뛰는 것이 느껴졌다.

그 이후로는 모든 것이 너무도 빨리빨리, 확실하고도 자연스럽게 진행되어, 기억나는 것이 아무것도 없다. 단 하나 생각나는 것. 마을 어귀에서 당직 간호사가 내게 말을 걸었다는 것이다. 그녀의 목소리는 얼굴과 어울리지 않게 특이했는데, 듣기 좋으면서도 떨리는 목소리였다. 그녀가 내게 말했다. "천천히 가면 일사병에 걸릴 수 있어요. 그렇다고 너무 빨리 걸으면, 땀에 흠뻑 절어 교회에 들어가서는 오한이 오지요."

간호사의 말이 맞았다. 달리 방법이 없었다. 그날의 몇 가지 이미지들은 아직도 내 기억 속에 남아있다. 가령, 페레스 영감이 마을 근처에서 마지막으로 우리와 합류했을 때의 그 얼굴. 무기력과 힘겨움의 굵은 눈물방울로 그의 두 뺨이 흥건했다. 하지만 주름살 때문에 눈물은 더 이상 흘러내리지는 않았다. 여기저기로 번졌다가 한데 모이곤 하는 눈물방울 때문에 그의 일그러진 얼굴은 온통 니스 칠을 한 것처럼 번들거렸다. 또 기억나는 것은 교회의 모습, 인도 위에

서있던 마을 사람들, 묘지의 무덤들 위에 핀 붉은 제라늄, 기절한 페레스 영감(마치 꼭두각시 인형이 무너져 내리는 것 같았다), 엄마 관 위로 떨어지던 핏빛의 흙, 흙 속에 섞여있던 풀뿌리의 하얀 살, 그리고 또 사람들, 사람들의 목소리, 마을, 어느 카페 앞에서의 기다림, 끝도 없는 버스 엔진소리, 그리고 버스가 알제의 빛의 둥지 속으로 들어왔을 때 이제는 잠자리에 들어 12시간 동안 잘 수 있으리라 생각했을 때의 나의 기쁨 그런 것들이다.

2

잠에서 깨면서, 이틀의 휴가를 신청했을 때 사장이 왜 못마땅한 기색이었는지 알 수 있었다. 오늘이 토요일이기 때문이다. 그러니까 나는 그 사실을 잊고 있다가, 아침에 일어나면서 문득 생각이 난 것이다. 사장은 당연히 내가 일요일을 포함해 총 나흘간 쉬게 될 거라 생각했고, 그것이 기분 좋을 리는 없었다. 하지만 한편으로 보면, 엄마 장례식이 오늘이 아니라 어제였던 것이 내 탓도 아니고, 또 한편으로 보면, 토요일과 일요일은 원래 쉬는 날이었다. 물론 그렇다고 사장 마음을 이해 못하는 바는 아니다.

어제 하루는 피곤해서 일어나기가 힘들었다. 면도하는 동안 오늘 무엇을 할까 생각하다가 해수욕을 가기로 마음먹었다. 항구 해수욕장에 가려고 전차를 탔다. 나는 바다로 뛰어들었다. 젊은 사람들이 많이 있었다. 물속에서 마리 카르도나를 만났다. 예전에 같은 사무실에서 일하던 타이피스트인데, 당시에 내가 마음에 두고 있던 여자였다. 그녀도 같은 마음이었다고 생각한다. 하지만 그녀는 곧 회사를 그만두었고, 우리는 볼 일이 없었다. 나는 마리가 부표 위로 올라갈 수 있도록 도와주었고, 그러면서 그녀의 가슴이 내 몸에 슬쩍 스쳤다. 나는 계속 물속에 있었지만, 마리는 이미 부표 위에 엎드려 있었다. 그녀가 내 쪽으로 돌아누웠다. 머리카락이 눈 위에 흘러내린 채 웃고 있었다. 나는 그녀 옆으로 올라갔다. 기분이 좋아진 나는 장난치듯 머리를 뒤로 젖혀 마리의 배를 베고 누웠고 그녀는 잠자코 있었다. 우리는 계속 그렇게 있었다. 하늘이 오롯이 내 눈 속으로 들어왔다. 파랗고도 황금빛의 하늘이었다. 내 목덜미 아래로 마리의 배가 부드럽게 닿았다 떨어졌다 하는 것이 느껴졌다. 우리는 반쯤 잠이 든 채 부표 위에 오랫동안 누워있었다. 햇빛이 너무 뜨거워지자 마리가 물속으로 뛰어들었고, 나도 따라 들어갔다. 나는 마리를 따라가 한 손을 그녀의 허리에 감은 채 함께 수영을 했다. 그녀는 줄곧 웃고 있었다. 둑 위로 올라와 몸을 말리는 동안, 그녀가 말했다. "내가 당신보다 더 탔네요." 나는 마리에게 저녁에 영화를 같이 보러 가겠냐고 물었다. 그녀는 다시 한 번 소리 내어 웃고는 페르낭델이 나오는 영화를 보고 싶다고 했다. 옷을 다 입었을 때, 그녀는 내가 검은 넥타이를 맨 것을 보고 깜짝 놀라는 눈치였다. 그녀는 누가 돌아가셨냐고 물었다. 나는 엄마가 돌아가셨다고 했다. 언제 그랬는지 알고 싶어 하길래, 나는 "어제"라고 대답했다. 그녀는 약간 흠칫하는 것 같았지만, 딱히 뭐라고 하지는 않았다. 나는 내 잘못이 아니라고 말하고 싶었으나 사장에게도 이미 한 차례 얘기한 적이 있다는 생각이 들어 그만두었다. 그런 말을 해봐야 아무 의미 없었다. 누구나 늘 약간씩은 잘못이 있게 마련이다.

저녁이 되자, 마리는 앞의 일을 다 잊어버렸다. 영화는 중간중간 웃기기도 했지만, 그 외에는 정말 너무 유치했다. 마리는 한쪽 다리를 내 다리에 기대고 있었다. 나는 그녀의 가슴을 어루만졌다. 영화가 끝나갈 즈음 나는 그녀에게 키스했지만 제대로 하지는 못했다. 극장을 나오는 길로 마리는 우리 집으로 왔다.

눈을 떴을 때, 마리는 가고 없었다. 이모님 댁에 가야한다고 미리 이야기했었다. 오늘이 일요일이라는 생각이 들자 나는 따분해졌다. 나는 일요일이 싫다. 그래서 나는 침대 속으로 다시 들어가 베개에서 마리의 머리카락이 남기고 간 소금 냄새를 애써 찾아보다 10시까지 잤다. 그러고는 자리에 누운 채 12시까지 담배를 피웠다. 여느 때처럼 셀레스트의 식당에 가서 점심을 먹고 싶지는 않았다. 가면 사람들이 이것저것 물어볼 게 뻔하기 때문이었다. 나는 그런 게 싫다. 달걀을 여러 개 부쳐 빵도 없이 접시째 입을 대고 먹었다. 빵이 다 떨어졌지만 사러 내려가기 싫었다.

점심을 먹고 나자 약간 심심해져서 하릴없이 집 안을 서성거렸다. 엄마와 같이 살기에는 적당한 집이었다. 이제는 내게 너무 넓어서 부엌 식탁을 내 방으로 옮겨다 놓을 수밖에 없었다. 나는 이제 짚으로 만든 약간 눌린 의자 몇 개와 누렇게 변한 거울이 달린 옷장, 화장대, 구리로 된 침대가 있는 내 방에서만 생활한다. 나머지는 그냥 내버려두고 있다. 잠시 후, 나는 무엇이든 해 보려고 낡은 신문 한 장을 집어 들고 읽었다. 거기서 크뤼센 소금 광고를 오려내 낡은 노트에 붙였다. 신문에서 재미있는 것들을 모아 붙여 두는 노트이다. 나는 손을 씻고 결국 발코니로 나갔다.

내 방은 교외의 대로 쪽으로 나 있다. 오후 날씨는 좋았다. 그러나 보도는 미끈거렸고, 드문드문 보이는 사람들도 바삐들 지나가

버렸다. 제일 먼저 지나간 이들은 나들이 나온 가족들이었다. 남자 아이 둘은 반바지가 무릎 아래까지 내려오는 해군 제복 차림이었는데 뻣뻣한 옷 때문에 움직이는 게 약간 불편해 보였고, 여자아이는 커다란 분홍리본을 달고 검정 에나멜 구두를 신고 있었다. 아이들 뒤로 밤색 실크 원피스 차림의 뚱뚱한 어머니와, 나도 안면이 있는 아주 마르고 키 작은 아버지가 보였다. 아버지는 위가 납작하고 챙이 좁은 밀짚모자와 나비넥타이를 매고, 한 손에는 지팡이를 들고 있었다. 부인과 같이 있는 그의 모습을 보니, 동네에서 그를 두고 왜 남다르다고 하는지 짐작이 갔다. 잠시 후에는 변두리에 사는 젊은이들이 지나갔다. 머리에 반들반들 기름을 바르고, 빨간 넥타이, 꽉 끼는 윗도리에 수가 놓인 멋 내기 손수건을 꽂은 채 앞이 네모난 구두를 신고 있었다. 나는 그들이 시내에 있는 극장에 가는 길이라고 생각했다. 그렇게 일찍부터 나와서 큰 소리로 웃어대며 서둘러 전차를 타러가는 것은 다 그 때문이다.

청년들이 지나가고 나서는 길거리가 조금씩 한산해졌다. 나는 여기저기서 구경거리가 시작된 모양이라고 생각했다. 이제 거리에는 가게 주인들과 고양이들 밖에 보이지 않았다. 하늘은 맑았지만, 길가에 늘어선 무화과나무 위로 비치는 햇빛은 그리 눈부시지 않았다. 맞은편 인도 위에는 담배 가게 주인이 의자를 문 앞에 하나 내놓고는 등받이 위에 양팔을 괸 채 반대로 걸터앉았다. 조금 전까지만 해도 승객이 빼곡히 들어찼던 전차들은 거의 텅 비어있었다. 담배 가게 옆에 자리한 작은 카페 '피에로'에서는 남자 종업원이 텅 빈 홀에 비질을 하고 있었다. 영락없는 일요일이었다.

나는 담배 가게 주인처럼 의자를 뒤로 돌려놓았다. 그게 더 편해 보였기 때문이다. 나는 담배를 두 대 피우고 나서, 방으로 들어와 초콜릿 한 조각을 가지고 창가로 나가 먹었다. 금세, 하늘이 어두컴컴해져서 여름 소나기가 쏟아질 거라 생각했다. 하지만 하늘은 차츰 개기 시작했다. 그런데 구름이 흘러가면서 거리는 금방이라도 비가 쏟아질 것처럼 한층 어두컴컴해졌다. 나는 오랫동안 하늘을 쳐다보고 있었다.

5시가 되자, 요란한 소리와 함께 전차들이 도착했다. 외곽의 경기장에 구경 갔던 사람들을 싣고 되돌아오는 전차에는 발판과 난간까지 사람들이 잔뜩 올라타 있었다. 다음 전차에 탄 사람들은 운동선수들이었는데 손에 든 작은 여행용 가방들을 보고 선수들이라고 짐작했다. 그들은 목청이 터져라 고함을 지르고 노래를 부르며 자기네 팀은 절대 없어지지 않을 거라 했다. 선수 여러 명이 내게 손짓을 하기도 했다. 그중 하나는 "우리가 한 방 먹었다."라고 소리까지 질렀다. 나는 머리를 끄덕여 '그래.'라고 답해 주었다. 그때부터 자동차들이 모여들기 시작했다.

해가 서쪽으로 좀 더 기울었다. 지붕 위로 보이는 하늘이 불그스름해졌고, 어두워지면서 거리는 활기를 띠기 시작했다. 거리를 쏘다니던 사람들도 하나둘씩 되돌아왔다. 사람들 속에는 그 남다른 아저씨도 눈에 띄었다. 아이들은 징징 울거나 마지못해 끌려가고 있었다. 그 직후, 동네 극장들에서 관객들이 거리로 쏟아져 나왔다. 그중 젊은이들은 평소보다 더 단호한 몸짓을 보이는 걸 봐서는, 액션 영화를 보고 나온 것 같았다. 시내의 극장까지 갔던 사람들은 좀 더 늦게 돌아왔다. 그들은 조금 더 심각한 표정이었다. 계속 웃고는 있었지만, 이따금씩 피곤해 보였고 뭔가 곰곰이 생각하는 듯했다. 그들은 맞은편 인도 위를 왔다 갔다 하며 거리를 떠나지 않았다. 동네의 젊은 처녀들이 모자를 쓰지 않은 채 서로 팔짱을 끼고 있었다. 젊은 청년들이 일부러 처녀들 사이를 지나가며 우스갯소리를 던지자 여자들은 고개를 돌려 큰 소리로 웃어댔다. 나도 아는 아가씨들 여럿이 내게 손짓을 했다.

그때 갑자기 가로등에 불이 들어왔고, 그 불빛 때문에, 제일 먼저 떠오른 별들이 아까보다는 희미해 보였다. 사람들과 가로등 불빛으로 가득한 보도를 그렇게 쳐다보고 있자니 눈이 피로해지는 것 같았다. 가로등에 비친 젖은 보도는 반짝반짝 빛이 났고, 일정한 간격을 두고 도착하던 전차들은 빛나는 머리칼과 미소 혹은 은팔찌 위에 그 그림자를 드리우고 있었다. 잠시 후, 지나가는 전차도 차츰 뜸해지고 나무와 가로등 위로 벌써 어둠이 캄캄하게 내려앉자, 동네는 어느샌가 텅 비어버려, 어느덧 고양이만이 또 한 번 황량해진 거리를 천천히 가로질러 갈 뿐이었다. 그때 나는 저녁을 먹어야겠다고 생각했다. 의자 등받이에 오래 기대고 있던 터라, 목덜미가 약간 아팠다. 빵과 파스타를 사와서 저녁을 하고 일어선 채로 그냥 먹었다. 창가에서 담배를 한 대 피우고 싶었지만, 공기가 서늘해서 약간 추웠다. 창문을 닫고 방으로 들어오던 내 눈에 거울에 비친 식탁 모서리가 들어왔다. 알코올램프와 빵 조각들이 나란히 놓여 있었다. 여느 때와 다름없는 일요일이었고, 엄마 장례식은 이제 끝이 났고, 나는 다시 출근해야 할 것이고, 달라진 건 하나도 없다는 생각이 들었다.

3

오늘 나는 사무실에서 일을 많이 했다. 사장은 친절했다. 나에게 너무 피곤하지는 않은지 물어보았고, 엄마의 나이를 알고 싶어 했다. 나는 틀리지 않으려고 "예순 쯤."이라고 대답했는데, 이유는 모르겠지만 사장은 뭔가 안도한 듯한 표정에, 엄마 일은 완전히 끝난 것으로 생각하는 기색이었다.

내 책상 위에는 선하증권이 한 무더기 쌓여 있었고, 그걸 전부 꼼꼼하게 검토해야만 했다. 점심을 먹으러 사무실을 나오기 전, 나는 손을 씻었다. 정오의 이 시간이 나는 정말 좋다. 이에 비하면 저녁때에는 기분이 별로인데, 종일 사용한 공용 두루마리 수건이 완전히 젖어있기 때문이다. 언젠가 사장에게 그 문제를 이야기한 적이 있다. 그 점은 사장도 유감스럽게 생각하지만, 그런 건 어디까지나 사소한 문제라고 대답했다. 잠시 후 12시 반쯤, 나는 발송부에서 일하는 에마뉘엘과 함께 사무실을 나왔다. 사무실이 바다를 바라보고 있어서, 우리는 햇빛이 이글거리는 항구의 화물선들을 잠시 넋 놓고 바라보았다. 바로 그때, 트럭 한 대가 깨질 듯 시끄러운 체인 소리와 폭발음을 내며 달려왔다. "탈까?" 에마뉘엘이 묻자, 나는 냅다 뛰기 시작했다. 트럭은 우리를 지나쳐 달려갔고 우리는 그 뒤를 따라 몸을 날렸다. 나는 소음과 먼지 속에 파묻혀버렸다. 아무것도 보이지 않았고, 항구의 권양기들, 각종 기계들, 수평선 위에서 춤추는 돛대들, 우리 옆에 줄지어 정박 중인 배들 사이에서 주체할 수 없이 달리고 싶은 충동만을 느낄 뿐이었다. 내가 먼저 트럭을 붙잡고 훌쩍 뛰어올랐다. 그러고는 에마뉘엘이 올라 앉도록 도와주었다. 우리는 숨이 턱에 닿아 헉헉댔고, 트럭은 먼지와 태양 한복판에서 부두 길의 울퉁불퉁한 보도 위를 요동치듯 달렸다. 에마뉘엘은 숨이 넘어갈 듯 웃어댔다.

우리는 땀에 흠뻑 젖어 셀레스트의 식당에 도착했다. 불룩한 배를 내민 채 앞치마를 두르고 하얀 콧수염을 기른 셀레스트는 언제나처럼 식당에 있었다. 그는 "어쨌든 괜찮은 거지?"라고 물었다. 나는 그렇다고, 그리고 배가 고프다고 했다. 나는 서둘러 밥을 먹고, 커피를 마셨다. 그러고 나서는 포도주를 너무 많이 마신 탓에 집으로 돌아와 잠깐 잠이 들었다. 눈을 뜨니 담배가 피우고 싶었다. 시간이 늦어 전차를 놓치지 않으려 뛰었다. 나는 오후 내내 일을 했다. 사무실 안은 무척 더웠고, 저녁 퇴근길에는 부두를 따라 천천히 걸어 집으로 돌아오는 것이 행복했다. 하늘은 초록빛이었고, 나는 기분이 좋았다. 삶은 감자 요리를 해먹고 싶어 곧장 집으로 왔다.

컴컴한 계단을 올라가던 나는 같은 층에 사는 이웃 살라마노 영감과 마주쳤다. 영감의 개도 같이 있었다. 그 둘이 함께 있는 걸 본 지가 8년째이다. 그 스패니얼은 습진으로 보이는 피부병에 걸려 털이 거의 다 빠지고 온몸이 반점과 갈색 딱지투성이다. 개와 함께 단둘이서만 작은 방에서 살다 보니, 살라마노 영감은 급기야 개랑 생김새가 비슷해져 버렸다. 영감의 얼굴에도 불그스레한 딱지들이 앉았고, 털은 누렇고 듬성듬성했다. 개도 주인처럼 허리가 구부정하게 굽었고, 목은 쭉 펴 주둥이를 앞으로 내밀고 있었다. 그 둘은 동류로 보이지만, 서로를 미워했다. 하루에 두 번, 11시와 6시가 되면 영감은 개를 산책시킨다. 지난 8년 동안 그들은 산책 코스를 한 번도 바꾸지 않았다. 리옹 가를 따라 걷는 그 둘을 종종 볼 수 있는데 개가 목줄을 어찌나 잡아당기는지 살라마노 영감이 버티다 넘어질 정도였다. 그러면 영감은 개를 두들겨 패고 욕을 해댄다. 개는 무서워 바짝 몸을 낮추고 기어가듯 끌려간다. 그쯤 되면 영감이 개를 끌고 간다. 언제 맞았냐는 듯 개가 또다시 주인을 잡아당기면 또 맞고 욕을 먹는다. 그러고 나면 둘은 보도 위에서 개는 겁에 질린 채, 주인은 미워 죽겠다는 표정으로 서로를 노려보며 서 있다. 매일같이 벌어지는 일이다. 개가 오줌을 누려고 할 때도, 영감은 그 시간조차 주지 않고 끌고 가버리니, 개는 오줌 방울을 질금질금 흘리며 끌려간다. 어쩌다 개가 집 안에서 오줌을 싸면 또 맞는다. 그렇게 8년이 흘렀다. 셀레스트는 늘 "진짜 딱하군."이라고 하지만, 사실은 아무도 모르는 일이다. 계단에서 나와 마주친 살라마노는 개에게 욕을 퍼부어댔다. 영감이 "개새끼, 망할 놈의 새끼!"라고 했고, 개는 끙끙거렸다. 내가 "안녕하십니까."라고 했지만, 영감은 계속해서 욕만 했다. 나는 개가 무슨 짓을 했는지 물었다. 영감은 대답이 없었다. "개새끼, 망할 놈의 새끼!"라는 욕만 할 뿐이었다. 개한테 몸을 숙이고 있는 영감을 보고, 개의 목줄에서 무언가 조절하는 것이라 짐작했다. 나는 좀 더 큰 소리로 이야기했다. 그랬더니 그가 돌아보지는 않은 채 대답했다. 치밀어 오르는 화를 꾹 누르고 있는 것 같았다. "이놈이 그래도 버티네." 그러고는 네 발로 버티며 끙끙대는 개를 질질 끌고 가 버렸다.

바로 그때, 같은 층에 사는 또 다른 이웃이 들어왔다. 동네에서는 그를 두고, 여자들 등쳐 먹고 사는 남자라고들 한다. 하지만 직업이 뭐냐고 물어보면, 그는 "창고지기"라고 한다. 그를 좋아하는 사람은 별로 없다. 하지만 그는 내게 자주 말을 걸었고, 내가 종종 그의 말을 들어줬기 때문에 가끔 우리 집에서 시간을 보내기도 했다. 나는 그가 하는 말이 재미있다고 생각한다. 그와 말을 하지 않을 이유가 없다. 그의 이름은 레이몽 생테스이다. 키는 작달막하고, 어깨는 떡 벌어진데다, 코는 권투선수 코처럼 생겼다. 옷은 늘 아주 단정하게 입고 다닌다. 레이몽도 살라마노 영감 이야기에 대해 "정말 딱한 일이야!"라고 했다. 그는 내게 살라마노 영감과 개가 질리지도 않느냐고 물었고, 나는 그렇지 않다고 했다.

우리는 집으로 걸어 올라갔고, 막 헤어지려는 참에 그가 말했다. "우리 집에 순대랑 와인이 좀 있는데 나랑 같이 먹을 생각 없으신지?…." 그렇게 하면 내 저녁을 따로 준비하지 않아도 될 거란 생각에 나는 그러자고 했다. 그의 집도 방은 하나밖에 없었고, 창문 없는 부엌이 딸려 있었다. 그의 침대맡에는 흰색과 분홍색의 천사 석고상이 하나 있었고, 챔피언들의 사진들과 여자 나체 사진이 두세 장 붙어 있었다. 방 안은 지저분했고, 침대는 어질러져 있었다. 그는 석유램프에 불부터 붙이고 나서, 호주머니에서 꽤 지저분해 보이는 붕대를 꺼내 자기 오른손에 둘둘 감았다. 나는 무슨 일이 있었는지 물었다. 자기한테 시비를 걸던 놈과 한 판 주먹다짐을 벌였다고 했다.

그는 말했다. "뫼르소 씨, 아시다시피 내가 나쁜 놈이라서가 아니라 좀 욱해서 그런 거라니까요. 그놈이 나한테 '사나이라면 전차에서 내려.'라고 하길래 내가 조용히 좀 하라고 했죠. 그랬더니 나더러 사나이가 아니라잖아요. 그래서 내가 전차에서 내려 '조용히 있는 게 좋을 걸, 안 그러면 혼쭐을 내 줄 테니.'라고 했죠. 그랬더니 그놈이 '뭐가 어째?'라고 대꾸하더군요. 그래서 내가 한 대 쳤습니다. 놈이 쓰러졌지요. 나는 일으켜 주려고 했죠. 그런데 놈이 넘어진 채로 내게 발길질을 하는 거예요. 그래서 내가 무릎으로 한 대 날리고, 주먹으로 두 방 갈겨줬죠. 녀석 얼굴은 피범벅이었고요. 이만하면 됐냐고 내가 물었죠. '그래.'라고 하더군요."

이야기하는 내내, 생테스는 붕대를 이리저리 매만졌다. 나는 그의 침대에 앉았다. 그가 말을 이었다. "보다시피 내가 싸움을 건 게 아니라니까요. 그놈이 먼저 시비를 걸었죠." 그건 맞는 말이었고, 나도 그렇다고 인정했다. 그랬더니, 그는 그 일에 대한 조언을 듣고 싶다고, 나는 사나이고 세상 물정에 훤하기 때문에 자기를 도와줄 수 있을 거라고, 그렇게 도와주고 나면 우리는 친구가 될 거라고 했다. 나는 아무 말도 하지 않았고, 그는 자기와 친구가 되고 싶은지 다시 물었다. 나는 아무래도 상관없다고 했다. 그는 흡족한 표정이었다. 그가 순대를 꺼내 프라이팬에 익혔고, 술잔과 접시, 식기와 포도주 두 병을 차려냈다. 우리는 식탁에 자리를 잡고 앉았다. 음식을 먹으면서 그는 자기 사정을 이야기하기 시작했다. 처음에는 약간 주저했다. "제가 여자 하나를 알게 되었는데요…. 그러니까 말하자면

제 정부죠." 아까 싸운 남자는 그 여자의 오빠였다. 레이몽은 그 여자를 먹여 살렸다고 했다. 내가 아무 말도 하지 않았는데도 그가 한마디 더 하기를, 동네에서 자기를 두고 뭐라고 하는지 알고 있지만, 자기는 한 점 부끄러움이 없으며 그냥 창고지기라고 했다.

그가 말했다. "거두절미하고 제 얘기로 돌아오면 제가 뭔가 속고 있다는 걸 눈치채게 됐지요." 그는 여자에게 딱 먹고 살 만큼 돈을 대주었다. 여자의 방세도 그가 내주었고, 식비로도 하루에 20프랑씩 주었다. "방세가 300프랑, 식비가 600프랑, 가끔 스타킹 한 켤레 사는 돈 해서 모두 1000프랑이 들었죠. 그 여자는 돈벌이도 안 했어요. 그런데도 나한테 너무 빠듯하다, 내가 주는 돈으로는 생활이 안 된다고 말하곤 했어요. 그래서 제가 그랬죠. '넌 왜 반나절만이라도 일할 생각을 안 하지? 그러면 이런 자질구레한 비용들은 내가 안 내도 될 텐데 말이야. 이달에도 옷 한 벌 사줬고, 하루에 20프랑씩 주고, 방세도 내주는데, 너는 오후에 친구들이랑 카페에서 커피나 마시지. 넌 친구들 커피값이랑 설탕값을 내주고. 난 너한테 돈을 주고. 난 너한테 잘해 줬는데, 넌 은혜를 원수로 갚고 있잖아.' 라고요. 그러고도 여자는 일을 안 했고, 살기 힘들다는 말을 입에 달고 살았어요. 그러던 차에 그 여자에게 뭔가 꼼수가 있다는 걸 알아채게 된 겁니다."

그는 여자 가방에서 복권 한 장을 발견했고, 여자는 그것을 어떻게 살 수 있었는지 설명하지 못했다고 했다. 얼마 후, 그는 여자의 집에서 전당포 전표라는 증거를 발견했는데 이는 팔찌 두 개가 여자 앞으로 잡혀있다는 것을 말해 주는 것이었다. 그때까지, 그는 그런 팔찌가 있다는 것조차 모르고 있었다. "내가 속고 있었다는 걸 확실히 알게 됐죠. 그래서 그년이랑 다 끝냈고요. 처음에는 두들겨 패줬어요. 그러고 나서는 그 여자 실체를 말해줬지요. 그 여자가 원하는 건 자기 거시기로 재미나 보며 빈둥대는 게 다라고요. 그 여자한테 '네가 나 덕분에 편히 사는 걸 사람들이 부러워한다는 것을 넌 몰라. 네가 얼마나 운이 좋았는지는 나중에 알게 될 거야.'라고 말해줬습니다. 뫼르소 씨."

그는 피가 날 때까지 여자를 때렸다. 그전에는 때린 적이 없었다고 했다. "때렸죠, 그런데 말을 하자면 살살 때린 겁니다. 그 여자가 좀 큰 소리로 울긴 했죠. 그러다 내가 덧문을 닫으면 늘 그랬듯이 다 끝나곤 했죠. 그런데 이번에는 진지합니다. 그 여자를 속 시원히 혼내주지 못했다는 생각이 들거든요, 나는."

그때 레이몽은 바로 그런 이유에서 나에게 조언이 필요하다고 했다. 그는 그을음이 나는 램프의 심지를 조절하느라 잠시 말을 멈추었다. 나는 그의 말을 줄곧 듣고 있었다. 나는 포도주를 1리터 가까이 마셔서 관자놀이가 몹시 뜨끈뜨끈했다. 내 담배가 다 떨어져 레이몽의 담배를 피웠다. 마지막 전차들이 지나가며 실어 간 변두리의 소음들이 이제 아득하게 들려왔다. 레이몽이 이야기를 이어갔다. 그가 찜찜해 하는 것은 '아직도 그 여자와의 잠자리에 미련이 있다.'는 것이었다. 그래도 여자한테는 대가를 치르게 해 주고 싶어 했다. 처음에 그는 여자를 호텔로 데려다 놓고서는 풍기 단속반에 신고하여 한바탕 추잡한 난리를 피운 다음 여자를 매춘 단속 명단에 올려 버릴까 하는 생각도 했다. 그다음에는 뒷골목 건달 친구들에게 부탁했지만 그 건달 친구들에게는 아무 방법도 없었다. 그런데 레이몽이 내게 말했듯이, 그래 가지고는 건달 노릇 하기 어려웠다. 레이몽이 그렇게 이야기하자, 그의 친구들은 여자 몸에 "낙인을 찍어" 버리는 게 좋겠다고 했다. 하지만 그것은 레이몽이 원하는 바가 아니었다. 그는 좀 더 생각해 볼 참이었다. 그전에 내게 부탁하고 싶은 게 있다고 했다. 그 부탁을 하기 전에, 내가 자기 이야기를 어떻게 생각하는지 물었다. 나는 거기에 대해 아무 생각이 없지만, 재미있다고 대답했다. 그는 자기가 속고 있었다고 생각하는지 내게 물었고, 나는 정말 속고 있었던 것 같다고 대답했다. 또 그 여자가 벌을 받아야 된다고 생각하는지, 내가 그의 입장이라면 어떻게 할 것인지 물었고, 나는 누구도 알 수 없는 것이라고 대답했지만, 그가 여자를 혼내주고 싶어 한다는 것은 알 것 같다고 대답했다. 나는 포도주를 조금 더 마셨다. 그가 담배에 불을 붙이고는 자기 생각을 털어놓았다. 그는 "혼구녕을 내주는 동시에 여자가 미련을 가질 만한 내용들로" 여자에게 편지를 한 통 쓰려고 했다. 그래서 여자가 돌아오면 그녀와 같이 잠자리에 들어서는 '끝나는 바로 그 순간에' 여자의 얼굴에 침을 뱉어주고 내쫓아 버린다는 것이었다. 사실 그런 방법이라면 여자도 죗값을 치르는 것이라 나는 생각했다. 그런데 레이몽이 자기는 그런 편지를 쓸 재주가 없는 것 같고 그래서 편지를 써 줄 사람으로 나를 떠올렸다고 했다. 내가 잠자코 있자, 그는 지금 당장 쓰는 것이 곤란한지 물었고 나는 그렇지 않다고 대답했다.

그러자 그는 포도주를 한 잔 마시고 나서 자리에서 일어났다. 그는 접시들과 우리가 남긴 식은 순대를 한 쪽으로 밀어놓고, 방수포 식탁보를 정성스레 닦아냈다. 그는 침대 맡 테이블 서랍에서 격자무늬의 종이 한 장과 노란색 봉투 한 장, 붉은색 나무로 된 작은 펜대, 보라색 잉크가 담긴 네모난 잉크병을 꺼냈다. 나는 그가 말해 준 여자 이름을 듣고, 그 여자가 무어인이라는 걸 알았다. 나는 편지를 썼다. 되는대로 쓴 면도 없지 않지만, 레이몽의 마음에 들게 쓰려고 노력했다. 그를 굳이 언짢게 할 이유가 없었기 때문이다. 다 쓰고 난 후, 나는 큰소리로 편지를 읽어 주었다. 그는 담배를 피우고 고개를 끄덕여가며 듣고 나서는, 한 번 더 읽어달라고 했다. 그는 마음에 쏙 들어 했다. 그가 말했다. "네가 세상 물정에 훤하다는 걸 난 익히 알고 있었지." 처음에는 그가 내게 반말을 한다는 것을 알아채지 못했다. 그가 "이제, 넌 내 진짜 친구야."라고 말하고 나서야 난 깜짝 놀랐다. 그가 그 말을 한 번 더 되풀이하자 나는 "그래."라고 했다. 그와 친구가 된다는 것이 내게는 아무 상관없는 일이었고, 그는 진심으로 내 친구가 되고 싶어 하는 것 같았다. 그가 편지를 봉하고 나서 우리는 남은 포도주를 마저 비웠다. 그리고 우리는 말없이 한동안 담배만 피웠다. 밖은 고요했고, 자동차 한 대가 미끄러지듯 지나가는 소리가 들렸다. 내가 "시간이 늦었네."라고 했다. 레이몽도 그렇게 생각했다. 그가 시간이 빨리 지나간다고 말했고, 어찌 보면 맞는 말이었다. 난 졸렸지만 자리에서 일어나기가 힘들었다. 내가 피곤해 보인 모양이었다. 레이몽이 포기하고 살면 안 된다고 내게 말했기 때문이다. 처음에는 무슨 말인지 알아듣지 못했다. 그러자 그가 엄마가 죽었다는 말을 들었다며 하지만 그건 언제든 닥칠 일이었다고 말했다. 내 생각도 그랬다.

　　내가 자리에서 일어나자, 레이몽이 아주 힘주어 악수를 하고는 사나이들끼리는 무엇이든 이해할 수 있다고 했다. 나는 그의 집을 나와 문을 닫고는 어두운 층계참에 한동안 그냥 서 있었다. 건물 안은 고요했고, 계단 저 아래로부터 어둡고 습한 바람이 불어왔다.

내 귓전을 울리는 맥박 소리밖에 들리지 않았다. 나는 꼼짝 않고 있었다. 살라마노 영감 방에서는 개가 낮은 소리로 끙끙거렸다.

4

나는 일주일 내내 열심히 일했고, 레이몽은 나를 찾아와 편지를 부쳤다고 했다. 나는 에마뉘엘과 함께 극장에 두 번 갔는데, 영화가 무슨 내용인지 대개는 이해를 못한다. 그래서 설명을 해 주어야 한다. 어제는 토요일이어서 약속한 대로 마리가 우리 집에 왔다. 나는 그녀에게 강한 정욕을 느꼈다. 그녀는 하얗고 빨간 줄무늬가 있는 예쁜 원피스에 가죽 샌들 차림이었기 때문이다. 원피스 위로 팽팽한 가슴을 짐작할 수 있었고, 햇볕에 그을린 갈색 얼굴은 꽃처럼 예뻤다. 우리는 버스를 타고 알제에서 몇 킬로미터 떨어진 해변으로 향했다. 사방이 바위인데다 육지 쪽은 갈대들이 줄지어 선 바닷가였다. 오후 4시의 태양은 그다지 뜨겁지 않았지만, 바닷물은 미지근했고, 잔잔한 파도가 기다랗고 나른하게 밀려왔다. 마리가 내게 놀이를 하나 가르쳐주었다. 헤엄을 치면서, 파도머리에 이는 거품을 입에 물어 입 한가득 물거품이 차면 물 위에 누워 하늘을 향해 내뿜는 놀이였다. 물거품은 하얀 레이스가 되어 허공 속에서 사라지거나 뜨

듯한 비가 되어 얼굴 위로 다시 쏟아졌다. 하지만 시간이 좀 지나자 쓰디쓴 소금기 때문에 입 안이 불에 덴 듯 따가웠다. 그러자 마리가 내 쪽으로 다가와 물속에서 내 몸에 달라붙었다. 그녀의 입술을 내 입술에 갖다 댔다. 그녀의 혀가 내 입술을 시원하게 식혀 주었고 우리는 파도 속에서 한동안 뒹굴었다.

물에서 나와 옷을 다 입고 나서, 마리는 반짝이는 눈으로 나를 바라보았다. 나는 그녀에게 키스했다. 그때부터 우리는 아무 말도 하지 않았다. 나는 그녀를 옆에 꼭 껴안았고 우리는 서둘러 버스를 잡아타고 집으로 돌아와 침대로 뛰어들었다. 내 방 창문을 열어 두었던 터라 나의 그을린 몸 위로 여름밤이 흘러들어오는 느낌이 좋았다.

오늘 아침까지 내 방에서 나가지 않은 마리에게 나는 같이 점심을 먹자고 했다. 나는 고기를 사러 일층으로 내려갔다. 다시 올라가는 길에 레이몽의 방에서 여자 목소리가 들려왔다. 잠시 후, 살라마노 영감이 개를 혼내는 소리가 들렸고, 목조 계단을 걷는 구두창 소리와 계단 바닥을 발톱으로 긁어대는 소리가 들리더니 이윽고 "개새끼, 망할 놈의 새끼"라는 소리가 들렸고, 둘은 밖으로 나갔다. 영감의 이야기를 들려줬더니 마리가 웃었다. 그녀는 내 파자마를 입고, 소매를 둘둘 걷어 올리고 있었다. 그녀가 웃을 때, 나는 또다시 욕정을 느꼈다. 잠시 후, 그녀가 자기를 사랑하는지 물었다. 나는 그런 건 아무 의미가 없지만 사랑하지는 않는 것 같다고 대답했다. 그녀의 표정이 시무룩해졌다. 하지만 점심 준비를 하면서는 아무것도 아닌 일에 또 웃어서 난 또 키스를 해 주었다. 레이몽의 집에서 싸우는 소리가 터져 나온 건 바로 그때였다.

처음에는 여자의 날카로운 목소리가 들렸고, 그 뒤 레이몽이 이렇게 말했다. "네가 날 우습게 봤지, 우습게 봤다고. 날 우습게 보면 어떻게 되는지 가르쳐주지." 둔탁한 소리가 몇 번 들리더니, 여자가 울며 비명을 질렀는데, 얼마나 살벌했던지 계단에 금세 사람들이 가득 모여들었다. 마리와 나도 나왔다. 여자는 계속 울었고, 레이몽은 계속 여자를 때렸다. 마리는 너무 끔찍하다고 했지만, 나는 아무 대꾸도 하지 않았다. 마리는 경찰을 부르러 가라고 했지만, 나는 경찰이 싫다고 말했다. 그러나 삼층에 사는 배관공과 함께 경찰관 한 명이 왔다. 경찰관이 문을 두드렸는데, 소리가 더 이상은 들리지 않았다. 경찰관이 좀 더 세게 두드리자 잠시 후, 여자의 울음소리가 들렸고, 레이몽이 문을 열었다. 레이몽은 입에 담배 한 대를 문 채 짐짓 친근한 표정을 지어 보였다. 여자가 문 쪽으로 황급히 달려 나와 경찰관에게 레이몽이 자기를 때렸다고 분명하게 말했다. "이름" 경찰관이 말했다. 레이몽이 대답했다. "나한테 말할 때는 담배 빼."라고 경찰관이 말했다. 레이몽은 잠시 망설이더니 나를 쳐다보고는 입에 문 담배를 빨았다. 바로 그때, 경찰관이 그의 따귀를 있는 힘껏 올려붙였다. 묵직하고도 야무진 제대로 된 따귀였다. 레이몽의 담배가 몇 미터 날아가 떨어졌다. 레이몽의 안색이 싹 바뀌었지만, 당장은 아무 말도 없다가 공손한 목소리로 자기 담배꽁초를 주워도 되겠냐고 물었다. 경찰관은 그래도 된다고 하고는 한마디 덧붙였다. "다음부터는 경찰이 핫바지가 아니란 걸 알게 될 거야." 그동안에도 여자는 울면서 똑같은 말을 반복했다. "저놈이 날 때렸어요. 저놈은 포주라고요." 그때 레이몽이 경찰에게 "경찰 나리, 멀쩡한 사람한테 포주라고 하는 게 맞는 법입니까?"라고 물었다. 하지만 경찰관은 '주둥이 닥치라고' 명령조로 말했다. 그러자 레이몽은 여자 쪽으로 돌아서서 말했다. "두고 봐, 이년아, 다시 볼 날이 있을 테니." 경찰관은 레이몽에게 입 닥치고 있으라 하고는 여자는 가도 좋고, 레이몽은 경찰서에서 소환할 때까지 집에서 기다리라고 했다. 그는 레이몽에게 몸도 못 가눌 정도로 술에 취한 걸 부끄럽게 생각해야 한다고 덧붙였다. 그때, 레이몽이 경찰관에게 해명을 했다. "저 안 취했습니다, 경찰 아저씨. 그저 여기, 경찰 아저씨 앞에 있으니까 떨리는 건데, 그건 저도 어쩔 수 없지요." 그는 문을 닫고 들어가 버렸고, 사람들도 모두 자리를 떴다. 마리와 나는 점심 준비를 마저 했다. 하지만 그녀는 배가 고프지 않다고 해서 내가 거의 다 먹었다. 마리는 한 시에 갔고, 나는 잠을 좀 잤다.

세 시 쯤, 문을 두드리더니 레이몽이 들어왔다. 나는 침대에 누운 채였다. 그는 내 침대 가에 앉았다. 그가 잠시 아무 말이 없어서, 어떻게 된 일이냐고 내가 물었다. 그는 자기가 원하는 대로 했지만, 여자가 그의 따귀를 때렸고 그래서 여자를 두들겨 팼다고 이야기 했다. 그다음은 내가 본 대로였다. 나는 그에게 이제는 여자도 벌을 받은 것 같으니 만족하지 않느냐고 말했다. 그도 그렇게 생각했고, 제 아무리 경찰이라도 여자가 자기한테 맞은 건 경찰도 어찌해볼 수 없는 거 아니냐고 했다. 그리고 덧붙이기를, 자기는 경찰이란 자들을 잘 알고 있고, 경찰한테는 어떻게 처신해야 하는지 안다고 했다. 그러고는 경찰의 따귀에 자기가 응수하기를 기대했느냐고 내게 물었다. 나는 아무것도 기대하지 않았고, 경찰을 좋아하지도 않는다고 대답했다. 레이몽은 굉장히 흡족한 기색이었다. 그는 같이 나가지 않겠냐고 물었다. 나는 자리에서 일어나 머리를 빗기 시작했다. 그는 내가 자기의 증인이 되어주어야 한다고 했다. 나로서는 이러나저러나 상관없긴 하지만, 증인으로서 무슨 말을 해야 하는지는 알지 못했다. 레이몽에 따르면, 그 여자가 레이몽을 무시했다고만 분명히 말해 주면 된다고 했다. 나는 증인이 되어주기로 했다.

　우리는 밖으로 나왔고, 레이몽이 내게 코냑을 한 잔 샀다. 그러고는 그가 당구를 한 게임 치자고 했고, 내가 아깝게 졌다. 그는 오입질을 하고 싶다고 했지만 나는 싫어서 거절했다. 천천히 걸어 집으로 돌아오는데, 레이몽은 자기 정부를 제대로 혼내줘서 너무 기분이 좋다고 했다. 그가 나를 굉장히 친절히 대한다고 느꼈고, 즐거운 시간이라고 생각했다.

　저만치 집 문 앞에 서 있는 살라마노 영감이 눈에 들어왔는데, 뭔가 불안해하는 기색이었다. 가까이 가서 보니 영감의 개가 보이지 않았다. 영감은 사방을 이리저리 두리번거리고, 제자리를 뱅뱅 돌더니 어두운 복도 안을 뚫어져라 쳐다보기도 하고, 앞뒤 안 맞는 말들을 중얼거리더니, 충혈된 그 작은 두 눈으로 거리를 샅샅이 다시 훑기 시작했다. 무슨 일이냐고 레이몽이 물었지만 그의 대답은 바로 나오지 않았다. 그가 "개새끼, 망할 놈의 새끼"라고 중얼대는 소리가 어렴풋이 들렸고, 그는 연신 어쩔 줄을 몰라 했다. 내가 개는 어디 갔느냐고 물었다. 그는 개가 없어져버렸다고 했다. 그러더니 갑자기 이야기를 쏟아놓기 시작했다. "그 놈을 '연병장'에 데리고 갔어요. 늘 하던 대로요. 연극패 천막 근처에 사람들이 많이 있었지요. 내가 '탈주왕'을 구경하려고, 가던 길을 멈췄어요. 그러고 나서 다시 가려고 보니 그 놈이 없는 거예요. 물론 녀석한테 덜 헐렁한 목줄을 사 주려고 오래전부터 생각하고는 있었는데. 이 망할 놈이 이렇게 가 버릴

줄은 정말 생각도 못했어요."

레이몽은 개가 이리저리 헤매고 다니다가 돌아올 수도 있다고 설명해 주었다. 그는 영감에게 주인을 찾아 수십 킬로미터나 되는 길을 되돌아온 개들도 있다고 이야기해 주었다. 그럼에도 영감은 더 불안한 기색이었다. "녀석을 나한테서 뺏어갈 거예요, 네. 누가 그 놈을 데려다 키우면 모를까. 그런데 그런 일은 없을 거요. 그 부스럼 딱지를 보면 다들 기겁을 하니. 경찰들이 데리고 가겠지요. 틀림없어요." 그러면 동물보호소에 가서 수수료 몇 푼 내면 개를 돌려줄 거라고 내가 말했다. 그는 그 수수료가 비싼지 나에게 물었다. 그건 나도 몰랐다. 그러자, 그가 벌컥 화를 냈다. "그런 개새끼 때문에 돈을 쓰다니. 하! 지옥에나 가 버리라지!" 그는 욕을 퍼붓기 시작했다. 레이몽은 웃더니 안으로 들어갔다. 나도 따라 들어갔고, 우리는 이층 층계참에서 각자의 집으로 들어갔다. 잠시 후, 영감이 걸어오는 발소리가 들리더니, 그가 문을 두드렸다. 문을 열자, 그는 문지방에 잠시 그냥 서 있다가 "미안합니다. 미안합니다."라고 했다. 안으로 들어오라고 했지만, 그는 그러고 싶어 하지 않았다. 그는 자기 구두코를 내려다보고 있었고, 딱지투성이 두 손은 바들바들 떨고 있었다. 나를 쳐다보지도 않고, 그가 물었다. "놈을 빼앗아 가진 않겠지요, 뫼르소 씨, 말 좀 해 주쇼. 나한테 돌려주겠지요. 안 그러면 내가 어떻게 살겠소?" 나는 동물보호소에서는 주인이 찾아갈 수 있도록 개들을 사흘간 데리고 있다가 그 후에는 판단에 따라 적절히 처리한다고 말했다. 그는 말없이 나를 물끄러미 바라보았다. 그러고는 "안녕히 주무시오."라고 했다. 그가 방문을 닫고 집으로 들어갔고, 그가 왔다 갔다 하는 소리가 들렸다. 그의 침대가 삐걱거렸다. 벽을 타고 들려오는 나지막하고 이상한 소리를 통해 그가 울고 있다는 것을 알았다. 왜 그랬는지는 모르지만 엄마 생각이 났다. 그러나 다음 날 일찍 일어나야 했다. 배가 고프지 않아 나는 저녁도 먹지 않고 잠자리에 들었다.

5

레이몽이 사무실로 전화를 했다. 자기 친구 중 하나가(그 친구에게 이미 내 이야기를 했다) 알제 근처에 있는 작은 별장에서 일요일 하루를 같이 보내는데 나를 초대했다고 했다. 나도 그러고 싶지만 일요일은 여자 친구와 선약이 있다고 대답했다. 레이몽은 당장 그녀도 함께 초대하겠다고 했다. 친구의 아내가 남자들 사이에서 혼자 있지 않아도 되니 아주 좋아할 거라고 했다.

나는 전화를 빨리 끊고 싶었다. 사장이 시내에서 사무실로 걸려오는 전화를 좋아하지 않는다는 걸 알기 때문이다. 하지만 레이몽은 끊지 말고 기다리라더니 초대 소식은 저녁에 알려줄 수도 있었지만 그것 말고 다른 걸 알려주고 싶었다고 했다. 아랍인 사내 몇 명이 하루 종일 자기 뒤를 따라다녔는데, 그 중에는 자기 정부였던 여자의 오빠도 있었다고 했다. "저녁 퇴근길에 집 근처에서 그놈들을 보게 되면 좀 알려 줘." 나는 알았다고 했다.

전화를 끊고 바로 사장이 나를 불렀다. 나는 그가 전화 좀 그만 하고 일을 하라고 할 것 같아 귀찮은 생각이 들었다. 그런데 전혀 딴 얘기였다. 사장은 아직은 매우 막연한 어떤 계획에 대해 이야기할 참이라고 했다. 그는 다만 그 문제에 대해 내가 어떻게 생각하는지 알고 싶어 했다. 그는 파리에 사무실을 하나 만들어 규모가 큰 회사들과 직거래를 해 볼 의향이 있었고, 내가 그 사무실에 갈 수 있는지 알고 싶어 했다. 그렇게 하면 나는 파리에서 살 수 있고, 일 년 중 일정 기간은 여행도 다닐 수 있을 터였다.

"자네는 젊으니까 그 생활이 분명 맘에 들 거 같은데." 나는 그렇기는 하지만, 아무래도 상관없다고 말했다. 그랬더니 사장은 삶의 변화에 흥미가 없느냐고 물었다. 나는 삶이란 결코 변할 수 없는 법이고, 어쨌든 사는 건 다 똑같고, 여기서의 내 삶에 전혀 불만이 없다고 대답했다. 사장은 탐탁지 않은 표정을 짓더니, 내 대답은 늘 삐딱하고, 내가 야심도 없고, 그런 태도는 사업을 하는 데에는 최악이라고 했다. 나는 내 자리로 돌아와 일을 했다. 사장의 기분을 언짢게 할 생각은 없었지만, 나는 내 삶에 변화를 줄 이유가 없었다. 곰곰이 생각해 봐도, 난 불행하지 않았다. 학생 시절에는 그런 류의 야망도 많았다. 하지만 학업을 중단할 수 밖에 없었을 때, 나는 그 모든 것들이 실제로는 하나도 중요하지 않다는 것을 금세 깨달았다.

그날 저녁, 마리가 찾아와 자기와 결혼하고 싶은지 물었다. 나는 아무래도 상관없지만, 그녀가 원한다면 할 수도 있다고 했다. 그녀는 자기를 사랑하는지 물었다. 나는 이미 한 번 대답한 대로, 그런 건 아무 의미가 없지만 사랑하는 것 같지는 않다고 대답했다. "그런데 왜 나랑 결혼을 할까?" 그녀가 말했다. 나는 그런 것은 하나도 중요하지 않지만, 그녀가 원한다면 결혼할 수 있다고 설명해 주었다. 더군다나 결혼하자고 한 쪽은 마리이고, 나는 그저 그러자고 했을 뿐이었다. 그러자 마리는 결혼은 중요한 문제라고 꼭 집어 말했다. 나는 "아니."라고 대답했다. 그녀는 잠시 입을 다물더니, 말없이 나를 쳐다보았다. 그러고는 말했다. 그녀는 자기와 만나듯이 만나는 다른 여자로부터 똑같은 제안을 받았더라도 승낙을 했을 것인지 알고 싶어 했다. 나는 "당연하지."라고 대답했다. 그러자 마리는 자기가 나를 사랑하는 것인지 자문했지만, 나는 그 점에 대해서는 전혀 알 수가 없었다. 또다시 침묵이 흐른 뒤, 마리는 내가 이상한 사람이고, 아마 그래서 나를 사랑하는 것이겠지만, 언젠가는 똑같은 이유로 내가 싫어질 거라고 중얼대듯 말했다. 내가 더 할 말이 없어 잠자코 있자, 마리는 웃으며 내 팔을 잡고는 나와 결혼하고 싶다고 말했다. 나는 그녀가 원하면 언제든 결혼할 수 있다고 대답했다. 그러고는 사장의 제안에 대해 이야기했더니, 마리는 파리에 가보고 싶다고 했다. 내가 거기서 한동안 살았다고 이야기하자, 어떤 곳인지 그녀가 물었다. 나는 "지저분해. 비둘기들이 있고, 건물의 안뜰은 컴컴하지. 사람들 피부는 허옇고."라고 말했다.

그리고 우리는 대로들을 따라 시내를 가로질러 걸었다. 여자들이 예쁘길래 마리도 봤는지 물었다. 마리는 그렇다고 하면서 나를 이해한다고 했다. 우리는 한동안 아무 말도 하지 않았다. 그래도 나는 마리와 계속 같이 있고 싶어서, 셀레스트네 식당에 가서 함께 저녁을 먹는 것은 어떤지 물었다. 그녀도 기꺼이 그러고 싶지만, 할 일이 있다고 했다. 우리 집 근처에 왔을 때, 그녀에게 잘 가라는 인사를 했다. 마리는 나를 쳐다보았다. "내가 할 일이 뭔지 궁금하지 않아?" 나도 몹시 궁금했지만, 미처 물어볼 생각을 못 한 것인데 그 때문에 그녀는 나를 원망하는 듯한 표정이었다. 그때, 난처해 하는 나를 보고 그녀는 또다시 소리내어 웃더니 나를 향해 온몸을 쭉 뻗고는 입술을 내밀었다.

　나는 셀레스트네 식당에서 저녁을 먹었다. 식사를 시작했는데 그때 마침, 특이한 분위기의 키 작은 여자 하나가 식당으로 들어와서는 내 테이블에 합석을 해도 되냐고 물었다. 당연히 된다고 했다. 여자는 몸짓이 부자연스러웠고, 작은 사과처럼 생긴 얼굴에 두 눈이 반짝였다. 여자는 재킷을 벗고는 자리에 앉아 메뉴판을 꼼꼼히 훑어보았다. 여자는 셀레스트를 불러서는 또렷하면서도 급한 목소리로 모든 음식을 단숨에 주문했다. 전식이 나오기를 기다리는 동안 여자는 가방을 열어 네모난 작은 종이와 연필을 꺼내 계산부터 하고 지갑에서 팁까지 포함한 정확한 금액을 꺼내 자기 앞에 올려놓았다.

　그때 전식이 나왔고, 여자는 재빨리 먹어치웠다. 다음 음식을 기다리는 동안 여자는 가방에서 파란색 연필과 잡지 한 권을 꺼냈다. 매주 라디오 방송 프로그램을 소개하는 잡지였다. 여자는 굉장히 정성스럽게 거의 모든 프로그램을 하나하나 체크했다. 잡지는 십여 페이지에 달했기 때문에, 여자는 식사를 하는 내내 그 작업을 꼼꼼하게 계속했다. 내가 밥을 다 먹고 난 후에도 여자는 여전히 체크에 여념이 없었다. 그리고 나서는 자리에서 일어나, 아까처럼 로봇같은 어색한 동작으로 재킷을 다시 걸치고는 나가버렸다. 할 일이 하나도 없었기 때문에 나도 식당을 나와, 잠시 그 여자를 따라갔다. 여자는 보도 가장자리를 따라, 믿기지 않을 정도로 재빠르고 분명하게, 흐트러짐 없이, 뒤 한 번 돌아보지 않고 자기 갈 길을 가고 있었다.

나는 결국 여자를 놓쳐버렸고, 가던 길을 되돌아왔다. 이상한 여자라는 생각이 들었지만, 금세 잊었다.

문 앞에서 살라마노 영감을 보았다. 그에게 집 안으로 들어오라고 했다. 그는 개를 아주 잃어버렸다고 했다. 개가 동물 보호소에 없었기 때문이다. 보호소 직원들이 하는 말에 따르면, 아마 차에 치여 죽었을 거라고 했다. 영감은 직원에게 경찰서에 가면 그런 일들을 알 수 있는지 물었다. 그런 일들은 늘상 있는지라 아무런 흔적도 남지 않는다고 했다. 나는 살라마노 영감에게 다른 개를 기르는 것은 어떠냐고 했지만, 영감은 그 개에 이미 익숙해졌다고 했다.

나는 내 침대 위에 웅크려 앉았고, 살라마노는 식탁 앞 의자에 앉았다. 그는 나를 마주보고 두 손은 무릎 위에 얹고 있었다. 낡은 펠트 모자는 그대로 쓰고 있었다. 그는 누런 콧수염 아래에서 우물우물 말끝을 흐렸다. 그가 약간 귀찮기도 했지만, 난 할 일도 딱히 없었고 졸리지도 않았다. 무슨 말이든 해야겠다 싶어, 개에 대해 물었다. 영감은 아내가 죽고 나서부터 그 개를 길렀다고 했다. 그는 결혼을 꽤나 늦게 했다. 젊었을 때는 연극을 하려는 야심도 있었다. 군대에서는 병영 경가극에 출연하기도 했다. 나중에는 철도청에 입사했지만 그걸 후회하지는 않았다. 몇 푼 안 되지만 연금을 받고 있기 때문이었다. 아내와 행복하지는 않았지만 사는 동안 대체로 아내에게 꽤 익숙해져 있었다. 아내가 죽자, 그는 몹시 외로워했다. 그래서 회사 동료에게 개를 한 마리 달라고 하여 갓 태어난 강아지였던 그 개를 얻었던 것이다. 그는 젖병을 물려가며 강아지를 키웠다.

하지만 개는 사람보다 수명이 짧기 때문에, 결국에는 같이 늙어가는 처지가 되었다. 살라마노가 말했다. "그놈 성질이 고약해서

가끔 티격태격하긴 했지만 그래도 착한 개였어요." 내가 혈통이 좋은 개였다고 말하자 영감은 흐뭇한 표정을 지었다. "더군다나 그놈 피부병에 걸리기 전에는 어땠는지 모르시지요. 털이 얼마나 고왔는데요." 그가 덧붙였다. 개가 피부병에 걸리고부터 영감은 아침저녁으로 늘 연고를 발라주었다. 하지만 영감의 말에 따르면 개의 진짜 병은 늙는 것이었고, 늙는 건 절대 나을 수 있는 게 아니었다.

그때, 내가 하품을 하자 영감이 이젠 가 봐야겠다고 했다. 나는 더 있어도 되고, 개에게 닥친 일은 마음이 아프다고 했다. 영감은 감사하다고 했다. 그는 엄마가 자기 개를 굉장히 좋아했다고 했다. 엄마 얘기를 하면서, 그는 '가여우신 어머님'이라고 했다. 그는 엄마가 죽은 뒤로 내가 분명 불행하리라는 의미의 말을 했지만, 나는 아무 대답도 하지 않았다. 그러자 그가 황급히 그리고 난처한 표정으로, 동네에서는 내가 어머니를 양로원에 보낸 것 때문에 나에 대한 평판이 좋지 않지만, 영감은 내가 어떤 사람인지 잘 알고, 내가 엄마를 무척 사랑했다는 것도 알고 있다고 말했다. 아직도 왜 그랬는지는 모르겠지만, 나는 지금까지 그 점에 대해 사람들이 나를 나쁘게 본다는 것을 모르고 있었고, 엄마를 보살필 만큼 돈이 넉넉지 않았기 때문에 양로원으로 가는 것이 당연했다고 대답했다. 나는 "엄마는 내게 할 말이 없어진 지가 오래된 데다, 혼자서 적적해하셨어요."라고 덧붙였다. 영감이 "그렇지요, 양로원에 있으면 친구라도 생기지요."라고 했다.

그러고 나서 영감은 이제 가 봐야겠다고 했다. 자고 싶다고 했다. 이제 그의 삶은 달라졌고, 이제 어떻게 해야 할지는 그도 잘 모르고 있었다. 그를 알고 난 후 처음으로, 그가 슬그머니 내게 손을 내밀었고, 잡은 손은 마치 비늘처럼 꺼칠꺼칠했다. 그는 옅은 미소를 지어보이고는 방을 나가기 전, 이렇게 말했다. "오늘 밤에는 개들이 짖지 않으면 좋겠네요. 죄다 내 개 같다는 생각이 들어서요."

6

일요일은 잠에서 깨기가 힘들어, 마리가 내 이름을 부르며 흔들어 깨워야 했다. 우리는 수영하러 일찍가고 싶었기 때문에 아침도 먹지 않았다. 나는 온몸이 텅 비어버린 기분이었고, 두통도 조금 있었다. 담배 맛도 썼다. 마리는 내가 '엄청 슬픈 얼굴'을 하고 있다며 놀렸다. 그녀는 흰 원피스를 입고 있었고, 머리는 풀어헤치고 있었다. 내가 예쁘다고 하자, 좋아하며 웃었다.

내려오는 길에 우리는 레이몽의 방문을 두드렸다. 자기도 내려간다고 대답했다. 거리로 나서자 내가 피곤한 탓도 있었지만, 집의 덧문을 닫아놓고 있는 바람에 벌써 중천에 오른 해가 따귀를 때리듯 뜨거웠다. 마리는 신이 나서 깡총거리며 날씨가 좋다는 말을 몇 번이고 연발했다. 나는 기분이 좀 나아졌고, 그러고 보니 배가 고팠다. 마리에게 그 말을 했더니, 자기 방수포 가방을 보여주었는데, 우리 수영복 두 벌과 수건 한 장만 들어있었다. 기다리는 수밖에 없었다. 그때 레이몽의 방문이 닫히는 소리가 들렸다. 레이몽은 파란색

바지와 흰 반소매 셔츠 차림이었다. 그런데 정수리가 납작한 밀짚모자를 쓰고 있어서 마리가 웃음을 터트렸고, 팔뚝 피부는 새하얀데 털은 까맸다. 나는 그 모습이 약간 거슬렸다. 레이몽은 내려오며 휘파람을 불었고, 기분이 아주 좋아 보였다. 그는 내게 "안녕, 친구." 라고 인사했고, 마리를 '아가씨'라고 불렀다. 그 전날 레이몽과 나는 경찰서에 함께 갔고, 나는 그 여자가 레이몽을 '우습게 봤다'고 증언해주었다. 레이몽은 경고만 받고 풀려났다. 내 증언은 아무 문제없이 넘어갔다. 문 앞에서 우리는 레이몽과 같이 그 이야기를 하고 나서, 버스를 타기로 했다. 해변은 그리 멀지 않았지만 버스를 타면 더 빨리 갈 수 있었다. 레이몽은 우리가 일찍 도착하면 자기 친구도 좋아할 거라고 생각했다. 우리가 막 떠나려는데, 갑자기 레이몽이 정면을 보라는 시늉을 했다. 담배 가게 진열대에 기대선 아랍인 몇 명이 눈에 띄었다. 그들은 말없이 우리를 쳐다보고 있었지만, 우리를 돌멩이나 죽은 나무둥치 보듯 하는 그들 나름의 특이한 시선이었다. 레이몽은 왼쪽에서 두 번째가 그놈이라고 말하고는 걱정하는 듯한 기색을 보였다. 하지만 이제는 다 끝난 얘기라고 했다. 마리는 우리에게 무슨 일이냐고 물었다. 나는 저들이 레이몽에게 앙심을 품은 아랍인들이라고 말해 주었다. 마리는 당장 그 자리를 벗어나고 싶어 했다. 레이몽은 당당하게 가슴을 펴고는 웃으며 서둘러야겠다고 했다.

우리는 좀 더 멀리 있는 버스 정류소로 향했고, 레이몽은 아랍인들이 따라오지 않는다고 알려주었다. 나는 뒤를 돌아보았다. 아랍인들은 그 자리에 그대로 있었고, 조금 전까지 우리가 있던 자리를 여전히 무심하게 쳐다보고 있었다. 우리는 버스에 올랐고, 완전히 긴장이 풀린 것 같은 레이몽은 마리에게 연신 농담을 걸어댔다. 그녀를 마음에 들어하는 것 같았지만, 마리는 거의 아무 대꾸도 하지 않았다. 이따금 웃으며 그를 쳐다보기만 했다.

우리는 알제의 변두리 정류소에서 내렸다. 해변은 버스 정류소에서 멀지 않았다. 하지만 낮고 평평한 언덕배기를 지나가야 했는데, 바다를 굽어보다가 해변에 가까이 갈수록 내리막을 이루고 있었다. 언덕은 이미 새파래진 하늘을 배경으로 누런 돌맹이들과 새하얀 수선화들로 뒤덮여 있었다. 마리는 방수포 가방을 크게 휘둘러 수선화 꽃잎을 떨어뜨리며 재미있어 했다. 우리는 녹색이나 흰색 울타리가 쳐진 작은 별장들 사잇길을 걸어갔다. 베란다까지 타마릭스 나무에 파묻혀버린 별장들도 있고, 돌맹이들 속에서 제 모습을 오롯이 다 드러낸 곳들도 있었다. 언덕 끝자락에 이르기도 전에, 고요한 바다가 눈에 들어왔고 좀 더 멀리서는 맑은 바닷물 속에서 졸고 있는 거대한 뱃머리도 보였다. 기관실의 조용한 기계음이 고요한 공기를 뚫고 우리에게까지 들려왔다. 한참 멀리, 반짝이는 바다 위로 조그만 고깃배가 보일 듯 말듯 천천히 지나가고 있었다. 마리는 바위틈에 난 붓꽃을 몇 송이 땄다. 바다로 내려가는 비탈길에서 바라보니 벌써부터 수영하는 사람들도 몇 명 있었다.

레이몽의 친구는 바닷가 끄트머리에 있는 조그만 목조 별장에 살고 있었다. 별장은 바위들을 등지고 있었고, 집 앞쪽을 떠받치고 있는 기둥들은 이미 바닷물에 잠겨있었다. 레이몽이 친구에게 우리를 소개했다. 친구 이름은 마송이었다. 키가 크고, 육중한 덩치에 어깨도 떡 벌어진 친구였다. 함께 있는 부인은 키가 작고 통통했으며 파리 억양의 친절한 여자였다. 마송은 소개를 받자마자 우리에게 편하게 있으라며 그날 아침에 자기가 잡은 생선으로 만든 프라이가 있다고 했다. 나는 그에게 별장이 너무 예쁘다고 했다. 그는 토요일과 일요일, 그리고 휴일이면 늘 그 별장에서 지낸다고 말했다. 그는 "제 아내하고는 모든 사람들이 잘 지내지요."라고 덧붙였다. 마침, 그의 아내가 마리와 함께 웃고 있었다. 아마도 처음으로, 내가 정말로 결혼을 하게 되리라는 생각이 들었다.

마송은 수영하러 가고 싶어 했지만, 그의 아내와 레이몽은 가고 싶어 하지 않았다. 우리 셋은 바닷가로 내려갔고, 마리는 곧장 물속으로 뛰어들었다. 마송과 나는 잠시 기다렸다. 마송은 말을 느릿느릿 했는데, 말끝마다 "그뿐만 아니라"라는 말을 하고 있음을 알 수 있었다. 실제로는 아무런 의미를 보태지 않을 때도 그랬다. 마리에 대해서는 "정말 끝내주네요. 그 뿐만 아니라, 매력적이고요."라고 말했다. 그 뒤로는 그의 말투에 더 이상 관심이 가지 않았다. 태양 덕분에 좋아진 기분을 느끼느라 여념이 없었기 때문이다. 발밑의 모래가 조금씩 뜨거워지기 시작했다. 나는 물속에 뛰어들고 싶은 충동을 계속 참고 있다가, 결국은 마송에게 말했다. "들어갈까요?" 나는 물로 뛰어들었다. 마송은 천천히 걸어 들어왔다가, 발이 안 닿는 깊이가 되었을 때 몸을 던졌다. 그는 개구리헤엄을 쳤는데, 실력이 영 별로라서 나는 그를 내버려두고 마리에게로 헤엄쳐 갔다. 물은 차가웠고, 나는 기분 좋게 수영했다. 마리와 함께 우리는 멀리까지 헤엄쳐 갔고, 우리는 몸짓과 만족감에 있어 서로 통한다는 것을 느낄 수 있었다.

넓은 바다로 나간 우리는 물 위에 누웠다. 하늘을 향한 내 얼굴 위의 태양은 입으로 흘러들어오는 물의 장막들을 연신 걷어주고 있었다. 마송이 물에서 나가 햇빛 아래 몸을 누이는 모습이 우리 눈에 들어왔다. 멀리서 보아도, 그의 덩치는 육중했다. 마리는 나와 함께 수영하고 싶어 했다. 나는 뒤로 돌아가 그녀의 허리를 안았고, 그녀가 팔만 저어 앞으로 헤엄쳐 나가는 동안 나는 발을 저어 그녀를 도와주었다. 첨벙대는 작은 물소리가 오전 내내 우리를 따라다니자 나는 어느새 피곤함이 느껴졌다. 그래서 나는 마리를 그냥 두고, 일정한 속도로 헤엄을 쳐서, 호흡도 제대로 하며 해변으로 돌아왔다. 백사장으로 올라온 나는 마송 옆에 배를 깔고 엎드려 얼굴을 모래 속에 묻었다. 마송에게 "좋았어요."라고 하자 그도 같은 생각이라고 했다. 잠시 후, 마리가 돌아왔다. 나는 돌아누워 그녀가 다가오는 것을 보았다. 그녀는 머리부터 발끝까지 소금물로 번들거렸고, 머리를 등 뒤로 넘기고 있었다. 그녀가 내 옆에 옆구리를 딱 붙이고 나란히 눕자, 뜨거운 그녀의 몸과 태양의 열기 덕분에 나는 깜박 잠이 들었다.

마리가 나를 흔들어 깨우고는 마송은 집으로 올라갔고, 우리는 점심을 먹어야 한다고 했다. 배가 고팠던 나는 얼른 일어났다. 그런데 마리는 내가 아침부터 한 번도 키스를 해 주지 않았다고 했다. 사실이었지만, 키스하고 싶은 마음은 있었다. "물에 들어가요." 그녀가 말했다. 우리는 바다로 달려가 제일 먼저 밀려오는 작은 파도 속에 드러누웠다. 둘이서 개구리헤엄을 몇 번 하다가, 마리의 몸이 내게 밀착해왔다. 그녀의 두 다리가 내 다리에 감기는 게 느껴지자 나는 정욕을 느꼈다.

우리가 별장으로 돌아올 때, 마송은 벌써부터 우리를 부르고 있었다. 내가 몹시 시장하다고 하자, 그 말이 떨어지기가 무섭게 자기 아내에게 내가 마음에 든다고 말했다. 빵은 맛있었고, 나는 내 몫의 생선을 허겁지겁 먹어치웠다. 그러자 고기와 감자튀김이 나왔다. 우리는 모두 말없이 식사만 했다. 마송은 포도주를 자주 마셨고, 내 잔도 계속 채워 주었다. 커피가 나왔을 때는 머리가 조금 무거워져 담배를 많이 피웠다. 마송, 레이몽과 나, 우리 셋은 공동으로 비용을 부담하여 8월을 바닷가에서 함께 보낼 계획을 세웠다. 마리가 대뜸 "지금 몇 신줄 알아요? 11시 반이라고요." 하고 말했다. 모두들 깜짝 놀랐지만, 마송은 점심 시간이 아주 이르기는 했지만 배고픈 시간이 곧 점심시간이니 당연한 일이라고 했다. 그 말에 마리가 왜 웃었는지 모르겠다. 마리가 포도주를 너무 많이 마신 탓이라 생각한다. 그때 마송이 자기랑 해변으로 산책을 가지 않겠냐고 물었다. "아내는 점심을 먹고 나면 늘 낮잠을 자는데, 나는 별로라서요. 나는 걸어야 되거든요. 아내한테도 그게 건강에 더 좋다고 늘 이야기하는데 말이죠. 어쨌거나 그건 그 사람 마음이니까요." 마리는 남아서 마송 부인의 설거지를 도와주겠노라고 했다. 그러려면 남자들은 밖으로 내보내야 한다고 그 자그마한 파리 여자가 말했다. 우리 셋은 해변으로 내려갔다.

햇빛은 모래 위로 거의 수직으로 쏟아졌고, 수면 위로 부서지는 눈부신 빛의 파편은 견디기 힘들 정도였다. 백사장에는 남아있는 사람이 하나도 없었다. 언덕을 따라 줄지어 세워져 있던 별장들에서 달그락대는 접시와 식기 소리가 들려왔다. 땅에서 올라오는 돌멩이의 열기 때문에 숨쉬기도 쉽지 않았다. 처음에, 레이몽과 마송은 내가 모르는 사람들과 일에 관해 이야기했다. 나는 두 사람이 오래 전부터 아는 사이이고, 한때 같이 살기도 했다는 것을 알게 되었다. 우리는 바다 쪽을 향했고, 해변을 따라 걸었다. 이따금 유난히 기다랗고 작은 파도가 밀려와 천으로 된 우리 신발을 적셨다. 모자도 쓰지 않은 맨 머리 위의 태양 때문에 반쯤 몽롱해있던 나는 아무 생각도 할 수 없었다.

그때 레이몽이 마송에게 뭐라고 말을 했는데, 나는 알아듣지 못했다. 그와 동시에 한참 떨어진 바닷가 제일 끄트머리에서 작업복 차림의 아랍인 두 명이 우리 쪽으로 걸어오고 있는 것이 내 눈에 들어왔다. 내가 레이몽을 쳐다보자, 그가 말했다. "그자야." 우리는 계속 걸었다. 마송은 그들이 어떻게 거기까지 우리를 따라올 수 있었는지 물었다. 우리가 비치백을 들고 버스에 오르는 걸 본 게 틀림없다고 나는 생각했지만, 아무 말도 하지 않았다.

아랍인들은 천천히 걸어오고 있었지만, 이미 훨씬 더 가까이 와 있었다. 우리는 같은 속도로 계속 걸었지만, 레이몽이 "혹시 싸움이 나면, 마송 너는 두 번째 녀석을 맡아. 나는 원래 내 상대를 맡을 테니. 뫼르소, 너는 딴 놈이 또 나타나면 그 놈을 맡아 줘."라고 말했다. 나는 "응."이라고 했고, 마송은 두 손을 호주머니 속에 찔러 넣었다. 끓을 듯 데워진 모래사장이 이제는 불그스름하게 보였다. 우리는 여전히 같은 속도로 아랍인들을 향해 나아가고 있었다. 그들과의 거리가 점점 줄어들었다. 거리가 몇 발자국 정도로 좁혀졌을 때, 아랍인들이 걸음을 멈추었다. 마송과 나, 우리 둘은 천천히 걷기 시작했다. 레이몽은 곧장 자기 상대 쪽으로 향했다. 레이몽이 그 남자에게 뭐라고 했는지는 잘 안 들렸지만, 그 아랍인은 박치기하는 시늉을 했다. 그러자 레이몽이 먼저 주먹을 날리고는, 곧장 마송을 불렀다. 마송은 레이몽이 가리킨 남자 쪽으로 가서 있는 힘껏 두 번 후려쳤다. 맞은 아랍인은 물속에 나뒹굴어 모래 바닥에 얼굴을 처박

왔다. 남자 머리 주변의 수면에 거품이 부글부글 일었고, 남자는 잠시 그렇게 쓰러져 있었다. 그동안, 레이몽 역시 상대를 후려쳤고, 상대의 얼굴은 피투성이가 되었다. 레이몽이 내 쪽을 돌아보고는 "이 녀석이 어떤 꼴을 당하는지 잘 보라고." 라고 했다. 내가 레이몽에게 소리쳤다. "조심해, 놈이 칼을 갖고 있어!" 하지만 이미 레이몽의 팔은 칼에 베였고, 입도 찢어졌다.

마송이 정면으로 뛰어 들었다. 하지만 물속에 쓰러졌던 아랍인이 몸을 일으키더니 칼을 가진 아랍인 뒤에 자리 잡았다. 우리는 꼼짝달싹 할 수 없었다. 그들은 우리에게서 눈을 떼지 않고, 칼로 우리를 계속 위협하며 천천히 뒤로 물러났다. 거리가 충분히 벌어졌음을 확인한 그들은 재빨리 줄행랑을 쳤다. 그동안 우리는 태양 아래에서 땅에 붙은 듯 그대로 서 있었고, 레이몽은 피가 뚝뚝 흐르는 팔을 꼭 부여잡고 있었다.

마송은 그 즉시 일요일마다 언덕 위의 집에 오는 의사가 한 명 있다고 했다. 레이몽은 당장 그리 가려고 했다. 하지만 말을 할 때마다 상처에서 흐르는 피가 입 안에서 거품처럼 부글거렸다. 우리는 레이몽을 부축하여 최대한 빨리 별장으로 돌아왔다. 별장에서 레이몽은 자기 상처가 깊지 않다며 의사한테 갈 수 있다고 했다. 그는 마송과 함께 의사의 집으로 향했고, 나는 무슨 일이 있었는지 여자들에게 설명해 주려고 남았다. 마송 부인은 울었고, 마리는 파랗게 질린 얼굴이었다. 나는 여자들에게 그 일을 설명해 주는 것이 귀찮았다. 결국 난 입을 다물고, 바다를 바라보며 담배를 피웠다.

한 시 반쯤, 레이몽이 마송과 함께 돌아왔다. 팔에는 붕대를 감고, 입 언저리에는 반창고를 붙이고 있었다. 의사는 별 것 아니라고 했지만, 레이몽의 표정은 아주 어두웠다. 마송은 레이몽을 웃겨 보려고 애썼다. 하지만 레이몽은 줄곧 말이 없었다. 레이몽이 바닷가로 내려가겠다고 했을 때, 나는 어디로 갈 건지 물었다. 바람을 쐬고 싶다고 했다. 마송과 내가 같이 가겠다고 했다. 그러자 레이몽은 화를 벌컥 내더니 우리에게 욕을 했다. 마송은 레이몽의 화를 돋우면 안 된다고 했다. 나는 그래도 그를 따라갔다.

우리는 해변을 오랫동안 걸었다. 태양은 우리를 짓눌렀다. 햇빛이 모래사장과 바다 위에 부서졌다. 레이몽은 가는 길을 알고 있는 듯했지만, 내가 잘못 생각한 것 같았다. 바닷가 제일 끝까지 간 우리는 마침내 커다란 바윗돌 뒤 모래 속을 흐르는 조그만 샘에 다다랐다. 그곳에서 우리는 그 아랍인 둘을 발견했다. 그들은 기름기 묻은 파란색 작업복 차림으로 누워있었다. 그들은 아무런 동요 없이 편안한 표정이었고, 만족스러워 보이기까지 했다. 우리의 등장에도 아무런 반응이 없었다. 레이몽을 공격했던 아랍인은 아무 말 없이 그를 쳐다보고만 있었다. 다른 아랍인은 작은 갈대피리를 불고 있었는데, 곁눈질로 우리를 쳐다보며 똑같은 세 가지 음만 줄기차게 반복해서 불었다.

그동안 이곳에는 태양과 침묵, 낮은 샘물 소리와 세 가지 피리 음정 외에 아무것도 없었다. 그러다 레이몽이 호주머니에 손을 넣어 권총을 그러쥐었지만, 상대는 꼼짝도 하지 않았고, 둘은 계속 서로를 노려보고 있었다. 피리를 불던 아랍인의 발가락 사이가 크게 벌어져 있는 것이 눈에 띄었다. 자기 상대를 계속 주시하던 레이몽이 내게 물었다. "내가 해치울까?" 내가 그러지 말라고 하면 레이몽 혼자 흥분하여 분명 총을 쏠 것 같다는 생각이 들었다. 나는 레이몽에게 "녀석이 아직 너한테 아무 말도 안 했잖아. 그렇게 총을 쏘는 건 비겁해."라고만 했다. 낮은 샘물 소리와 피리 소리가 침묵과 열기 한복판에서 계속 들려왔다. 이윽고 레이몽이 말했다. "그럼, 내가 저 놈한테 욕을 할게. 놈이 대꾸를 하면 내가 덮칠 거야." 나는 "그래, 좋아. 그래도 녀석이 칼을 안 꺼내면, 쏘면 안 돼."라고 대답했다. 레이몽은 약간 흥분하기 시작했다. 다른 아랍인은 피리 불기를 멈추지 않았고, 둘 모두 레이몽의 일거수일투족을 지켜보았다. 나는 레이몽에게 "안 돼, 사나이 대 사나이로 붙어야지, 총은 이리 줘. 다른 놈이 끼어들거나 저 녀석이 칼을 꺼내면, 내가 처리할게."

레이몽이 내게 총을 건네줄 때, 햇빛이 총 표면을 미끄러지듯 스쳐갔다. 하지만, 우리는 사방이 꽉 막혀버린 것처럼 여전히 꼼짝 않고 서 있었다. 우리는 시선을 피하지 않고 서로를 노려보았고, 모든 것이 여기 바다와 모래, 태양, 피리와 물이 만들어내는 이중의 침묵 사이에 멈추어 있었다. 나는 그 순간, 총을 쏠 수도 있고, 쏘지 않을 수도 있다는 생각이 들었다. 그런데 느닷없이 그 아랍인들이 뒷걸음질을 치더니 바위 뒤로 도망쳐 버렸다. 레이몽과 나는 갔던 길을 되돌아왔다. 레이몽은 기분이 좀 나아진 것 같았고, 돌아갈 버스 이야기를 했다.

나는 별장까지 레이몽과 함께 왔고, 그가 나무 계단을 올라가는 동안, 제일 아래 계단 앞에 그냥 서 있었다. 햇빛 때문에 머릿속이 윙윙 울릴 정도인데다, 애써 나무 계단을 올라가서는 또다시 여자들과 함께 있어야 한다는 생각을 하니 기운이 쭉 빠져버렸기 때문이었다. 하지만 열기가 너무 뜨거워, 비처럼 쏟아지는 눈부신 햇빛 아래 그냥 우두커니 서 있는 것 역시 힘들었다. 여기 그대로 있거나 자리를 뜨거나 마찬가지였다. 잠시 후, 나는 해변으로 발길을 돌려 걷기 시작했다.

폭발할 것 같은 붉은 열기는 여전했다. 모래사장 위로 보이는 바다는 자잘한 물결들에 질식당한 채 가쁜 숨을 몰아쉬고 있었다. 나는 바위가 있는 쪽으로 천천히 걸어갔다. 이마가 태양 아래에서 부풀어 오르는 느낌이었다. 그 모든 열기가 온통 나를 짓누르고 내 발길을 가로막았다. 나는 태양의 그 거대하고 뜨거운 숨결을 얼굴에 느낄 때마다 이를 앙다물었고, 바지 주머니 속의 두 주먹을 그러쥐었다. 태양과 그것이 내게 쏟아 붓는 정체불명의 취기를 이겨내려고 온몸으로 버티었다. 모래나 하얀 조개껍질, 아니면 유리 조각에서 빛의 칼날이 솟구칠 때마다 내 턱은 부르르 떨렸다. 나는 오랫동안 걸었다.

저 멀리 칙칙한 색의 바윗덩이가 조그맣게 눈에 들어왔다. 바위는 바다의 물보라와 햇빛이 만들어내는 눈부신 후광에 둘러싸여 있었다. 나는 바위 뒤에 있는 시원한 샘을 생각하고 있었다. 졸졸 흐르는 그 샘물 소리를 다시 듣고 싶은 마음, 태양과 힘든 수고와 여자들의 눈물을 피하고 싶은 마음, 그늘과 휴식을 되찾고 싶은 마음이 간절했다. 그런데 좀 더 가까이 가고 보니, 레이몽의 상대 아랍인이 돌아와 있었다.

그는 혼자였다. 그는 두 손을 목덜미에 베고 누웠는데, 얼굴만 바위 그림자에 가려져 있고 나머지 몸은 죄다 햇빛 아래 드러나 있었다. 열기 속에서 그의 작업복이 모락모락 김을 피우고 있었다. 나는 약간 놀랐다. 내게는 이미 끝난 이야기였고, 그것을 염두에 두고 돌아온 것은 아니었다.

나를 보자마자, 그는 몸을 약간 일으키더니 한 손을 호주머니에 집어넣었다. 나는 나도 모르게 윗옷에 든 레이몽의 권총을 움켜쥐었다. 그러자 또다시 그가 뒤로 물러났다. 하지만 호주머니에 넣은 손은 그대로였다. 나는 그와 십 여 미터 정도 떨어져 있었다. 반쯤 감은 그의 눈에서 이따금 시선이 감지되었다. 하지만 내 눈에 비친 그는 뜨거운 공기 속에서 춤을 추듯 어른거리는 모습이었다. 파도 소리는 정오보다 훨씬 더 나른했고, 더 낮게 가라앉아 있었다. 펼쳐진 모래사장도 여전했고, 그 위에 내리쬐는 태양과 햇빛도 그대로였다. 이미 두 시간 전부터 태양은 끓어오르는 쇳물 같은 바다 속에 닻을 던진 채, 그 자리에 그대로 멈춰 있었다. 수평선에는 작은 증기선이 지나갔고, 그 배를 내 시선 한 귀퉁이의 검은 반점으로 느꼈던 것은 내가 아랍인에게서 눈을 떼지 않았기 때문이다.

나는 뒤돌아서기만 하면 끝나는 일이라 생각했다. 하지만 태양으로 흔들리는 해변 전체가 뒤에서 나를 옥죄어왔다. 나는 샘을 향해 몇 발자국 내딛었다. 아랍인은 꼼짝도 하지 않았다. 그래도 그와의 거리는 제법 멀었다. 얼굴에 드리운 그늘 때문인지, 그는 웃는 것처럼 보였다. 나는 기다렸다. 데일 듯 뜨거운 햇빛이 내 두 뺨에 퍼져나갔고, 땀방울이 눈썹에 맺히는 게 느껴졌다. 엄마의 장례식 날과 똑같은 태양이었고, 그때처럼 특히나 이마가 아팠고 이마의 모든 혈관들이 피부 아래에서 일제히 요동치고 있었다. 더는 견디기 힘든 그 열기 때문에 나는 앞으로 몸을 옮겼다. 그것이 어리석은 짓이고, 한 발자국 앞으로 내딛어봐야 태양으로부터 벗어날 수는 없다는 걸 나는 알고 있었다. 하지만 나는 한 발자국, 단지 한 발자국 앞으로 나아갔다. 그러자 이번에는 아랍인이 몸을 일으키지도 않고 칼을 뽑아들더니 햇빛 속에서 내게 내밀었다. 햇빛이 칼날에 반사되었고, 그 빛은 번쩍이는 장검이 되어 내 이마를 쑤셨다. 바로 그때, 내 눈썹에 맺혀 있던 땀방울들이 한꺼번에 속눈썹 위로 흘러내려 뜨듯하고 두터운 장막처럼 두 눈을 뒤덮었다. 이 눈물과 소금 장막에 가려진 두 눈에는 아무것도 보이지 않았다. 나는 이마 위를 울리는 태양의 심벌즈와, 여전히 내 앞을 겨눈 칼이 뿜어내던 눈부신 양날의 빛을 희미하게 느낄 뿐이었다. 그 뜨거운 칼은 내 속눈썹을 갉아먹었고, 내 아픈 두 눈을 후벼 팠다. 모든 것이 비틀한 것은 바로 그때였다. 바다로부터 뜨겁고 진한 기운이 훅 끼쳐왔다. 온 하늘이 열려 불의 비를 퍼붓는 것만 같았다. 내 온몸이 뻣뻣하게 긴장해서 권총을 꽉 움켜쥐었다. 방아쇠가 당겨졌고, 나는 볼록하고 매끈한 권총 손잡이를 만졌다. 바로 그 순간, 귀청을 울리는 날카로운 소리와 함께 모든 것이 시작되었다. 나는 땀과 태양을 떨쳐내 버렸다. 내가 한낮의 균형을, 내가 행복을 느꼈던 해변의 그 특이한 침묵을 깨뜨려 버렸다는 것을 깨달았다. 그때, 나는 꼼짝하지 않는 몸뚱이에 네 발을 더 쏘았고 총알은 보이지 않을 만큼 깊숙이 들어가 박혔다. 그것은 불행의 문을 두드리는 네 번의 짧은 노크소리였다.

2부

1

체포된 직후, 나는 여러 차례 심문을 받았다. 하지만 내 인정신문이어서 오래 걸리지는 않았다. 처음 경찰서에서는 내 사건에 관심을 갖는 이가 아무도 없는 것 같았다. 반면, 일주일 후, 예심판사는 호기심 어린 눈으로 나를 쳐다보았다. 처음에는, 내 이름과 주소, 직업, 생년월일과 출생지만 물었다. 그리고 내가 변호사를 선임했는지 알고 싶어 했다. 나는 아니라고 했고, 변호사 선임이 꼭 필요한 것인지 그에게 물었다. "왜요?" 그가 말했다. 나는 내 사건을 지극히 단순하게 생각한다고 대답했다. 그는 미소를 지으며 말했다. "그렇게 생각할 수도 있지요. 하지만 법이란 게 있습니다. 선생께서 변호사를 선임하지 않으면 우리가 국선변호사를 지정할 겁니다." 나는 사법부가 그런 세세한 것들까지 챙겨주는 게 무척 편리하다고 생각했다. 예심판사에게도 그렇게 말했다. 그는 내 말에 동의하고는 법이 잘 되어있다며 말을 맺었다.

처음에 나는 그를 진지하게 대하지 않았다. 그는 커튼이 처진

방에서 나를 맞았고, 그의 책상 위에 놓인 전등이 내가 앉은 팔걸이 의자를 비추고 있었지만 정작 그는 컴컴한 곳에 앉아 있었다. 나는 이와 비슷한 장면 묘사를 예전에 책에서 읽은 적이 있어서, 그 모든 것이 장난처럼 보였다. 반대로, 우리의 대화가 끝나고 나서는 그를 쳐다보았다. 움푹 들어간 푸른 눈동자에, 키가 크고, 기다란 회색 콧수염과 백발에 가까운 풍성한 머리털에 용모가 준수한 남자였다. 굉장히 합리적인 사람으로 보였고, 입술을 삐죽거리는 신경질적인 버릇에도 불구하고, 한마디로 괜찮아 보이는 사람이었다. 방을 나오면서, 나는 그에게 악수를 청할 뻔했지만, 때마침 내가 사람을 죽였다는 것이 생각났다.

그 다음날, 변호사 한 명이 구치소로 나를 만나러 왔다. 키가 작고, 통통한, 꽤 젊은 사람이었는데 가지런히 빗어 올린 머리칼이 머리에 착 붙어 있었다. 날씨가 더웠는데도(나는 셔츠 바람이었다), 그는 짙은 색 양복에 칼라 끝이 접힌 셔츠와 흑백의 굵은 줄무늬가 있는 이상한 넥타이를 매고 있었다. 그는 팔에 끼고 있던 서류 가방을 내 침대 위에 놓고는 자기소개를 했고 내 서류를 검토했다고 했다. 내 사건은 까다롭기는 하지만, 내가 자기를 믿어 준다면 성공을 믿어 의심치 않는다고 했다. 내가 감사 인사를 하자 그가 말했다. "본론으로 들어갑시다."

그는 침대에 걸터앉아 내 사생활에 대해 조사했다고 말해 주었다. 어머니가 최근에 양로원에서 돌아가셨다는 것을 알게 되어서 마랭고에 가서 조사했다고 했다. 엄마의 장례식 날 '내가 태연한 태도를 보였다.'는 사실을 수사관들이 알아냈다. 변호사는 "사실, 이런 걸 물어보는 게 다소 불편하긴 합니다만 아주 중요한 문제입니다. 제가 만약 답변할 사항을 찾지 못한다면, 기소를 위한 중요한 논거가 될 겁니다."라고 했다. 그는 내가 도와주기를 바랐다. 그는 내가 그날 마음이 아팠는지 물었다. 나는 그 질문이 무척 놀라웠고, 내가 그런 질문을 해야 하는 상황이었다면 난 몹시 난처했을 것이라고 생각했다. 그렇지만 나는 자문하는 습관을 잃어버려 뭐라고 딱히 할 말이 없다고 대답했다. 나는 분명 엄마를 사랑하지만, 그런 건 아무런 의미도 없다. 정상적인 사람이라면 누구나 사랑하는 사람들의 죽음을 어느 정도 바라곤 한다. 거기서, 변호사가 내 말을 끊었다. 아주 흥분한 듯 보였다. 그는 그런 말은 법정이나 예심판사 앞에서 하지 않겠다는 약속을 하라고 했다. 하지만 나는 천성적으로 생리적 욕구 때문에 내 감정이 흐트러지는 일이 자주 있다고 말해 주었다. 엄마의 장례식 날은 굉장히 피곤하고 졸렸다. 그래서 무슨 일이 있었는지 제대로 기억나지 않았다. 내가 확실히 말할 수 있는 것은 엄마가 죽지 않았으면 더 좋았을 거라는 것이었다. 하지만 변호사는 마뜩찮은 표정이었다. 그는 말했다. "그 정도로는 부족해요."

그는 생각에 잠겼다. 그날 내가 나의 자연스러운 감정을 극도로 자제했다고 말해도 되겠냐고 물었다. 나는 "아뇨, 그건 거짓말입니다." 내가 자기에게 다소 반감을 야기했다는 듯이 그는 이상한 눈으로 나를 쳐다보았다. 그는 어쨌든 양로원장과 양로원 직원들이 법정에서 증언을 할 것이고, '그렇게 되면 내가 큰 낭패를 당할 수도 있다.'고 냉정하게 말했다. 나는 엄마 일은 내 사건과 아무 관계가 없다고 그에게 분명히 지적했지만, 그는 내가 법이라는 것을 한 번도 겪어보지 않은 것은 확실하다고만 대답했다.

그는 화가 난 표정으로 가 버렸다. 나는 그를 붙잡고, 정말로 그의 호감을 얻고 싶다고, 변호를 더 잘 받기 위해서가 아니라 그냥 내 마음이 그렇다고 말하고 싶었다. 무엇보다 내가 그를 불편하게 만든 것은 분명했다. 그는 나를 이해하지 못했고, 약간은 날 원망하고 있었다. 나는 내가 다른 사람과 다를 바 없다고, 절대로 다르지 않다고 그에게 분명히 말해 주고 싶었다. 하지만 따지고 보면, 그 모든 게 별 소용이 없었고, 나는 무기력하게 관두고 말았다.

　　얼마 지나지 않아, 나는 다시 예심판사 앞에 불려갔다. 오후 두 시였던 터라, 이번에는 커튼으로도 다 막을 수 없는 햇빛이 그의 사무실을 가득 채우고 있었다. 날씨가 몹시 더웠다. 예심판사는 내게 앉으라고 하고는 굉장히 정중한 태도로 내 변호사가 '피치 못할 사정으로' 오지 못했다고 알려주었다. 하지만 나는 그의 질문에 묵비권을 행사할 수 있고, 변호사가 올 때까지 기다릴 수도 있다고도 했다. 나는 혼자서도 답변할 수 있다고 답했다. 예심판사가 탁자 위의 버튼을 눌렀다. 젊은 서기가 한 명 들어와 내 등 뒤에 바짝 붙어 자리를 잡고 앉았다. 판사와 나는 둘 다 팔걸이의자에 편안하게 앉았다. 그가 먼저, 사람들이 나를 두고 말이 없고 내성적인 성격이라고 한다며 그 점에 대해 어떻게 생각하는지 궁금해했다. 나는 "특별히 할 말이 없어서 말을 안 합니다."라고 대답했다. 그는 처음 만났을 때처럼 빙긋 웃더니, 그게 가장 좋은 이유인 것은 맞다며, 이렇게 덧붙였다. "하긴, 그런 건 하나도 중요한 게 아니죠." 그는 잠시 말을 끊고는 나를 쳐다보며 꽤나 느닷없이 상체를 일으키더니 재빨리 말했다. "내가 관심이 있는 건 바로 당신입니다." 나는 그 말이 무슨 뜻인지 이해가 잘 되지 않아 아무런 대꾸도 하지 않았다. 그가 말을 이었다. "당신이 한 행동 중에서 내가 이해가 안 되는 부분들이 있어요. 내가 이해할 수 있도록 당신이 도와주리라 생각합니다." 나는 모든 건 아주 단순하다고 말했다. 그는 그날의 일을 그대로 되짚어보라고 재촉했다. 나는 그에게 이미 이야기했던 것들을 다시 되짚어갔다. 레이몽, 해변, 해수욕, 싸움, 다시 해변, 작은 샘, 태양과 다섯 발의 총질. 내가 한 마디 한 마디 할 때마다 그는 "좋습니다, 좋아요."라고 했다. 쓰러진 시신 이야기에 이르자, 그는 "좋아요."라며 수긍을 했다. 나는 똑같은 이야기를 그런 식으로 되풀이하는 것에 질려버렸고, 그렇게 말을 많이 해본 것도 난생처음인 것 같았다.

　　잠시 침묵이 흐른 후, 그가 자리에서 일어서더니 나를 도와주고 싶고, 나에게 관심이 있으며, 신의 도움으로 자기가 나를 위해 뭔가 할 수 있을 거라고 했다. 하지만, 그에 앞서 내게 몇 가지 질문을 더 하고 싶어 했다. 그는 숨 돌릴 틈도 없이, 엄마를 사랑했는지 물었다. 나는 "네, 다른 사람들처럼요."라고 대답했고, 그러자 그때까지 일정한 속도로 타자기를 두드리고 있던 서기가 키를 잘못 눌렀는지, 당황하여 앞으로 되돌아가야 했다. 예심판사는 여전히 뚜렷한 논리도 없이 권총 다섯 발을 연속해서 쏘았는지 물었다. 나는 곰곰이 생각해 보고 나서, 한 발을 먼저 쏘고, 몇 초 후에 나머지 네 발을 쏘았다고 정확하게 말했다. 그러자 그가 말했다. "왜 첫 발을 쏘고 나서 기다렸다가 나머지를 쏜 거죠?" 다시 한 번 더 붉은 해변이 떠올랐고, 타는 듯한 태양의 열기가 이마에 느껴졌다. 하지만 이번에는 아무 대답도 하지 않았다. 내가 침묵을 지키는 동안 줄곧 예심판사는 흥분한 표정이었다. 다시 의자에 앉더니, 머리카락을 마구 헝클어뜨렸고, 자기 책상에 팔꿈치를 괸 채 이상한 표정을 지으며 내 쪽으로 약간 몸을 숙였다. "왜, 왜 쓰러진 사람한테 총을 쏘았죠?" 이번에도 나는 대답을 할 수 없었다. 판사는 두 손으로 자기 이마를 쓸어 올리고는 다소 건조한 목소리로 같은 질문을 되풀이했다. "왜? 말을 해야 합니다. 왜죠?" 나는 여전히 입을 다물고 있었다.

느닷없이 그가 벌떡 일어나더니 사무실 한 귀퉁이로 성큼성큼 걸어가서는 서류 정리함 속의 서랍 하나를 열었다. 거기서 그는 은으로 만든 십자가를 꺼내들고는 이리저리 흔들며 내 쪽으로 돌아왔다. 그리고는 싹 바뀐 목소리로, 떨리다시피 한 목소리로 소리를 질렀다. "이게 뭔지 알아보겠어요, 이거?" 난 "예, 당연하죠."라고 했다. 그러자 그가 황급히, 굉장히 흥분해서는 자기는 신을 믿으며, 어떤 인간도 하나님의 용서를 받지 못할 만큼 죄인은 아니라고 확신하지만, 하나님의 용서를 받기 위해서는 인간이 자기 회개를 통해 어린아이처럼 영혼을 비우고 모든 것을 받아들일 준비를 해야 한다고 말했다. 그는 자기 온몸을 탁자 위로 숙였다. 그는 십자가를 내 머리 바로 위에서 흔들어댔다. 솔직히 말해, 나는 그의 논리를 따라가기가 아주 힘들었다. 무엇보다 날씨도 더웠고 사무실 안의 커다란 파리들이 내 얼굴에 앉아댔으며, 그가 약간 겁을 주었기 때문이기도 했다. 그러면서도 나는 그런 것이 좀 우습다는 생각도 들었다. 어찌되었든 간에, 범죄자는 바로 나였기 때문이다. 그런데도 그는 멈추지 않았다. 내가 대략 알아들은 바는, 예심판사가 생각하기에 내 자백에 불명확한 부분이 딱 하나 있는데, 나머지 네 발을 쏘기 위해 내가 잠시 기다렸다는 사실이었다. 그 외에는 잘 알겠다고, 하지만 그 사실만은 이해하지 못하겠다는 것이었다.

나는 거기에 집착하는 것은 옳지 않다고, 그 마지막 문제는 그렇게 중요한 게 아니라고 말하려 했다. 하지만 그가 내 말을 뚝 자르고는 꼿꼿이 선 채로, 하나님을 믿는지 물으며 마지막으로 나를 설득하려 했다. 나는 믿지 않는다고 대답했다. 그는 분을 못 이기고 털썩 자리에 앉았다. 그는 그럴 수는 없다며, 인간이라면 누구나, 심지어 하나님의 얼굴로부터 등을 돌린 사람들까지도 하나님을 믿는다고 했다. 그것이 그의 신념이었고, 만약 언젠가 그 신념을 의심하게 되는 날이 온다면 그의 삶은 더 이상은 의미가 없을 것이라고 했다. "당신은 내 삶이 무의미해지길 바라나요?"라고 그가 소리쳤다. 내 생각은 그런 건 나와 상관이 없다는 것이었고, 그에게도 그렇게 말했다. 하지만 그는 이미 십자가의 예수를 탁자 너머 내 눈 앞에 들이대고는 얼토당토않게 고함을 질렀다. "난, 나는 기독교인이라고. 내가 네 잘못을 예수님께 용서를 구하고 있어. 예수님께서 널 위해 고통 받으신 걸 어떻게 믿지 않을 수가 있지?" 그가 내게 반말을 하고 있다는 것을 분명히 알 수 있었지만, 난 그만 질려 버렸다. 날씨가 점점 더 뜨거워지고 있었다. 나는 남의 말이 귀에 들어오지 않을 때 거기서 빠져나오고 싶으면 늘 그러듯, 그의 말을 수긍하는 것 같은 표정을 지었다. 놀랍게도, 그는 의기양양해했다. "거 봐, 그 보라고, 너도 예수님을 믿고 있고, 앞으로도 예수님께 의지할 거잖아?" 나는 당연히, 한 번 더, 아니라고 했다. 그는 팔걸이의자에 털썩 주저앉아 버렸다.

그는 몹시 피곤해 보였다. 둘의 대화를 쉬지 않고 받아치고 있던 타자기가 마지막 문장들을 이어가는 동안, 그는 아무 말이 없었다. 이윽고, 그는 골똘히 그리고 약간은 슬픈 표정으로 나를 쳐다보았다. 그는 말했다. "당신처럼 냉혹한 영혼은 난생처음 봤소. 내가 만난 범죄자들은 언제나 이 고통의 이미지 앞에서 눈물을 흘렸는데 말이죠." 나는 그 사람들이 바로 범죄자들이기 때문에 그런 거라고 말하려 했다. 그런데 생각해 보니 나 역시 그들과 다르지 않았다. 나로서는 이 일이 내 일 같지 않은 생각이 들었다. 그때, 판사가 자리에서 일어났다. 내게 심문이 종료되었음을 알려주는 듯한 행동이었다. 그는 여전히 조금은 무기력한 표정으로, 나에게 그 행동을 후회 하느냐고만 물었다. 나는 곰곰이 생각을 하고 나서, 진정으로 후회를 한다기보다는 상당히 난처하다고 했다. 난 그가 나를 이해하지 못한다는 느낌을 받았다. 하지만 그날의 심문은 그걸로 끝이었다.

그 후로도 나는 예심판사를 여러 차례 다시 만났다. 다만, 그때마다 내 변호사가 나와 동석했다. 앞선 내 진술들 중 몇 가지를 분명하게 확인하는 정도에 그치곤 했다. 또는 기소 사항들에 대해 예심판사가 변호사와 의논을 하기도 했다. 하지만 그럴 때면, 그들은 나를 전혀 아랑곳하지 않았다. 아무튼 심문의 어조는 조금씩 달라졌다. 예심판사는 내게 더 이상 관심이 없는 것 같았고, 어찌 보면 내 사건을 마무리해 버린 것 같았다. 하나님 얘기도 더는 하지 않았고, 첫날의 그 흥분했던 모습도 다시 볼 수 없었다. 결론은, 우리의 대화가 이전보다 더 친근해졌다는 것이다. 그가 질문을 몇 가지 던지고, 변호사와 몇 마디 이야기를 나누고 나면, 심문은 끝이 나곤 했다. 내 사건은, 판사의 표현을 빌면, 순조롭게 진행되었다. 가끔, 대화가 일반적인 내용일 때는 나를 끼워주기도 했다. 그제서야 나는 한숨 돌릴 수 있었다. 그러는 동안에 그 누구도 내게 쌀쌀맞게 굴지 않았다. 모든 것이 너무나 자연스럽고, 너무나도 쉽게 조정되며, 깔끔하게 진행되는 바람에 '다들 가족 같다는' 어처구니없는 생각까지 들었다. 그래서 11개월에 걸쳐 이루어진 심문이 마무리되었을 때에는, 자기 사무실 문까지 나를 배웅해 주던 예심판사가 내 어깨를 두드리며 진심 어린 표정으로 "오늘은 이걸로 끝입니다, 반(反)기독교인 선생." 이라고 말해 주던 그 흔치 않은 순간들만이 내 유일한 기쁨이었다는 사실이 놀라웠다. 그리고 나는 호송 경관의 손에 다시 넘겨졌다.

2

　절대로 말하고 싶지 않은 일들도 있었다. 처음 수감되고 나서 며칠 후 내가 깨달은 것은, 내 일생에서 이 부분은 앞으로도 말하고 싶지 않으리라는 것이었다.

　그 내키지 않던 마음도 나중에 가서는 별로 중요하게 여겨지지 않았다. 사실, 처음 며칠간은 진짜 수감 생활이라고 할 수도 없었다. 나는 막연히 뭔가 새로운 사건을 기대하기도 했다. 처음이자 마지막이었던 마리의 면회 이후에야 모든 것이 시작되었다. 마리의 편지(마리는 자기가 내 아내가 아니기 때문에, 더 이상 면회가 허락되지 않는다고 했다)를 받았던 날부터, 나는 감방이 내 집이고 내 삶이 그곳에 멈춰버렸다는 것을 직감하게 되었다. 체포되던 날, 처음에는 여러 명의 범죄자들이 이미 들어와 있던 방에 수감되었다. 수감자는 대부분 아랍인들이었다. 그들은 나를 보며 낄낄대고 웃었다. 그러고는 무슨 짓을 저질렀냐고 물었다. 아랍인을 한 명 죽였다고 하자, 모두들 조용해졌다. 잠시 후, 밤이 되었다. 그들은 내가 깔고 잘 돗자리를 어떻게 사용하는지 설명해 주었다. 한쪽 끝을 돌돌 말면 기다란 베개가 되었다. 밤새도록, 벼룩들이 내 얼굴 위를 뛰어다녔다. 며칠 후, 나는 독방에 혼자 수감되었고, 거기서는 나무판자로 된 침대에서 잤다. 변기통과 쇠로 된 대야도 있었다. 감방은 도시 꼭대기에 있어서 작은 창문으로 바다를 볼 수 있었다. 하루는 창살에 매달려 햇빛을 향해 얼굴을 내밀고 있었는데, 그때 간수가 들어와서는 면회라고 했다. 나는 마리라고 생각했다. 정말 마리였다.

면회실로 가려면 긴 복도를 지나 계단을 올라가야 했고, 끝으로 복도 하나를 더 지났다. 나는 커다란 입구를 통해 아주 넓은 방으로 들어섰다. 두 개의 큰 철창이 방을 세로로 삼등분했다. 두 철창 사이에 8에서 10미터 정도의 공간이 있었고, 그 안에서 면회인과 수감자는 분리되어 있었다. 정면에, 줄무늬 원피스 차림에 그을린 갈색 얼굴의 마리가 눈에 들어왔다. 내 쪽으로는, 십여 명의 수감자들이 있었는데, 대부분 아랍인이었다. 마리 주변에는 온통 아랍 사람들이었고, 양 옆으로 면회인이 한 명씩 있었다. 한 명은 키가 작은 노파였는데 입술이 말라 쪼글쪼글했고, 다른 한 명은 뚱뚱하고 머리에 아무것도 쓰지 않은 여자였는데 이런저런 몸짓을 열심히 해가며 아주 큰 소리로 이야기하고 있었다. 철창 사이의 거리 때문에 면회인과 수감자들은 목청을 높여 말할 수밖에 없었다. 면회실에 들어섰을 때, 면회실의 휑하고 넓은 벽에 부딪혀 되돌아오는 말소리와, 창문으로 비쳐 들어 면회실을 가득 채운 직사광 때문에 나는 현기증 같은 것을 느꼈다. 내 감방은 면회실보다 더 조용하고 어두웠다. 몇 초가 지나서야 면회실에 적응할 수 있었다. 그래도 시간이 지나자, 한낮의 햇빛 속에 또렷이 드러난 사람들의 얼굴을 하나하나 분명히 알아볼 수 있었다. 경비원 한 명이 칸막이 두 개 사이의 복도 끄트머리에 앉아 있었다. 대부분의 아랍인 수감자들과 그 가족들은 서로를 마주본 채 웅크린 자세를 하고 있었다. 그들은 소리를 지르지 않았다. 그 소란스러운 분위기에도 불구하고, 그들은 낮은 목소리로도 서로의 말을 알아들을 수 있었다. 바닥 쪽에서 올라오는 그들의 희미한 웅얼거림은 머리 위쪽에서 오고가는 대화들 속에서 줄곧 일종의 저음대를 만들어냈다. 나는 이 모든 것들을 마리 쪽으로 걸어가면서 재빨리 알아챘다. 이미 창살에 바짝 붙어있던 마리는 있는 힘껏 내게 미소를 지어 보였다. 그녀가 아주 예쁘다는 생각이 들었지만, 어떻게 말해 주어야 할 지 알 수가 없었다.

"그래 어때?" 그녀가 큰 소리로 말했다. "뭐, 그렇지." "괜찮아? 필요한 건 다 있어?" "응, 다 있어."

대화가 끊겨졌고, 마리는 줄곧 웃었다. 그 뚱뚱한 여자가 내 옆에 있던 키가 크고 금발에 순박한 눈매를 한 남자를 향해 소리를 지르고 있었다. 남편인 듯했다. 이미 시작된 대화를 이어가는 중이었다.

"잔느가 그를 잡으려고 하지 않았어." 그녀가 목청껏 소리 지르듯 말했다.

"그래, 그래." 남자가 말했다.

"당신이 나오면 다시 붙잡을 거라고 했는데도 잡으려 하질 않았어."

마리도 레이몽이 안부를 전하더라고 소리를 쳤고 나는 "고마워."라고 했다.

하지만 내 목소리는 "그 사람 잘 지내?"라고 묻는 옆 사람의 목소리에 묻혀버렸다. 그의 아내는 웃으면서 그보다 더 잘 지낼 수는 없다고 했다. 내 왼쪽에 있던 키 작고 손가락이 가느다란 젊은이는 아무 말이 없었다. 그의 맞은편에는 키 작은 노파가 한 명 있었고, 두 사람이 서로 유심히 쳐다보고 있다는 것을 나는 알아챌 수 있었다. 하지만 나는 그 둘을 더 이상 지켜볼 여유가 없었다. 마리가 희망을 가져야한다고 소리쳤기 때문이다. 나는 "그래."라고 말했다. 나는 대답과 동시에 마리를 바라보았고, 원피스 위로 드러난 그녀의 어깨를 부여잡고 싶은 마음이 간절했다. 그 얇은 원피스 천을 너무도 안고 싶었고, 그 외에는 어떤 희망을 가져야 하는지 알 수가 없었다. 하지만 마리가 줄곧 웃고 있었기 때문에, 그녀가 말하는 희망이란 분명 좋은 것이었다. 이제 내 눈에 보이는 거라곤 마리의 반짝이는 이와 눈가의 잔주름들뿐이었다. 그녀가 다시 소리쳤다. "당신 나오면 우리 결혼해!" 나는 "그래?"라고 대꾸했지만 그건 무슨 말이든 하기 위한 것이었다. 그러자 마리는 기다렸다는 듯 여전히 목청을 높여, 그러자며 나는 무죄로 풀려날 것이고, 다시 해수욕을 하게 될 거라고 했다. 그런데 마리 옆에 있던 여자가 고함을 지르고는, 서기과에 바구니를 맡겨두었다고 했다. 여자는 그 안에 무엇을 넣었는지 일일이 주워 섬겼다. 죄다 비싼 것이기 때문에 제대로 확인해야 한다고. 내 옆의 젊은이와 그 어머니는 여전히 서로를 쳐다보고 있었다. 아랍인들의 웅성거림은 계속해서 우리 대화의 저음부를 이루고 있었다. 밖에서는 햇빛이 창의 틈새에 부딪혀 점점 부풀어 오르는 것 같았다.

나는 몸이 약간 불편한 기분이 들어 자리를 뜨고 싶었다. 시끄러운 소리가 불편했다. 하지만 한편으로는 마리가 눈앞에 있는 그 상황을 포기하고 싶지 않았다. 시간이 얼마나 흘렀는지 모르겠다. 마리는 자기 일에 대해 이야기 했고, 미소를 잃지 않았다. 웅성거림과 고함 소리와 대화가 서로 교차하고 있었다. 내 옆에서 서로를 바라보고 있던 키 작은 청년과 그 어머니가 유일한 침묵의 섬이었다. 사람들이 아랍인들을 하나 둘 데리고 나갔다. 첫 아랍인이 나가자마자 거의 모두가 말을 뚝 그쳤다. 키 작은 어머니가 창살 쪽으로 가까이 오자, 이와 거의 동시에 간수가 아들에게 손짓을 했다. 아들이 "잘 가, 엄마."라고 하자, 엄마는 두 개의 창살 사이로 한 손을 내밀어 아들에게 작은 손짓을 했다. 느릿느릿하지만 멈추지 않는 손짓이었다.

그 어머니가 나가자, 한 남자가 들어왔다. 한 손에 모자를 든 남자가 자리를 잡고 섰다. 죄수 한 명이 이끌려 들어왔고, 두 사람은 신나게 이야기를 했다. 하지만 면회실이 아까보다 조용해졌기 때문에 목소리는 낮았다. 내 오른쪽에 있던 남자를 데리고 들어가려고 하자, 그 아내가 여전히 큰 소리로 남자에게 말했다. 이제는 그렇게 목청 높일 필요가 없다는 것을 눈치 채지 못한 것 같았다. "잘 지내고 몸조심해." 그 다음이 내 차례였다. 마리는 내게 키스하는 시늉을 했다. 나가기 전에 뒤를 돌아보았다. 창살에 밀착한 마리의 얼굴은 잔뜩 눌려 있었지만 그녀는 꼼짝 않고 있었다. 일그러지고 어색한 미소는 그대로였다.

마리가 편지를 보내 온 건 그 직후였다. 결코 말하고 싶지 않던 일들이 시작된 것도 바로 그때부터다. 어쨌든, 아무것도 과장해서는 안 되는 법이고, 그런 건 다른 사람들보다 내겐 더 쉬운 일이었다. 수감 초기에, 그래도 가장 힘들었던 것은 내가 자유인의 생각을 갖고 있다는 것이었다. 가령, 해변에 나가서 바다로 들어가고 싶다는 욕구가 나를 사로잡았다. 두 발에 감기는 해초 아래로 밀려오는 첫 파도 소리와, 물속에 몸을 집어넣을 때 느끼는 해방감을 상상하노라면, 느닷없이 감방의 얼마나 많은 벽들이 나를 옥죄어 오는지 느낄 수 있었다. 하지만 그런 시간은 몇 달 안 되었다. 그 시간이 지나자 나는 죄수로서의 생각을 할 뿐이었다. 일상적인 마당 산책 시간이나 내 변호사의 면회를 기다리곤 했다. 그 외 나머지 시간에도 아주 잘 적응해갔다. 그때 자주 했던 생각은, 나를 마른 나무 둥치 안에 집어넣고, 머리 위 공중에 핀 꽃만 쳐다보고 살라고 해도, 차츰 적응해 갔으리라는 것이었다. 새들이 지나가기를 기다리거나 구름들이 서로 만나는 것을 기다렸으리라. 여기 감방에서 내 변호사의 특이한 넥타이를 기다렸듯이, 또 저 바깥세상에서 마리의 몸을 껴안기 위해 토요일까지 참고 기다렸듯이. 그런데 곰곰이 생각해보면, 난 나무 둥치 속에 있는 건 아니었다. 나보다 더 불행한 이들도 있었다. 하긴 그건 엄마 생각이었다. 사람은 결국에는 모든 것에 익숙해지게 마련이라는 말을 엄마는 자주 했었다.

뿐만 아니라, 나는 평소와 크게 다르게 살지도 않았다. 처음 몇 달은 힘들었다. 하지만 내가 기울여야 했던 바로 그 노력들이 그 시간을 보내는 데 도움이 되었다. 예를 들면 나는 여자에 대한 정욕 때문에 힘들었다. 당연한 일이었다. 젊기 때문에. 딱히 마리 생각만 한 것은 결코 아니었다. 하지만 한 여자, 여러 여자들, 알고 지냈던 모든 여자들, 그 여자들을 좋아했던 그 모든 상황에 대해 너무 많이 생각하다보니, 내 감방은 온통 그 여자들 얼굴로 가득했고, 나의 욕정으로 들끓었다. 그 때문에, 한편으로는 정신이 산만했다. 하지만 다른 한편으로는, 그 덕분에 시간을 죽일 수 있었다. 나중에 가서는, 식사 시간에 주방 보조 청년을 데리고 다니던 간수장의 호감을 얻게 되었는데 제일 처음, 내게 여자 이야기를 한 사람이 바로 그였다. 다른 수감자들이 가장 불만스러워하는 것이 여자 문제라고 그가 말해 주었다. 나도 그들과 마찬가지이고, 그런 대우는 부당한 것이라 생각한다고 내가 말했다. 그는 "하지만, 당신네들을 감옥에 가둔 건 바로 그것 때문이라니까."라고 했다.

"뭐라고요, 그 때문이라고요?" "당연하지, 자유가 바로 그런 거니까. 당신은 자유를 빼앗긴 거라고." 나는 그런 생각은 한 번도 해 본 적이 없었다. 나는 그의 말에 동의했다. "정말 그렇군요. 안 그러면 처벌이란 게 어디 있겠어요?" "그래, 당신은 상황을 이해하는군. 당신은 그렇지만 다른 수감자들은 안 그렇다네. 그 사람들도 결국엔 알아서들 욕구를 해결하지." 그러고 나서 간수장은 가 버렸다.

담배 문제도 있었다. 처음 들어왔을 때, 나는 벨트와 구두끈, 넥타이, 호주머니에 들어있던 것 모두, 특히 담배를 압수당했다. 일단 내 감방으로 들어오고 나자, 나는 담배를 돌려 달라고 요구했다. 하지만 그건 금지 사항이라고 했다. 처음 며칠 동안은 굉장히 힘들었다. 나를 가장 괴롭힌 것은 바로 그것이었던 것 같다. 나는 침대 판자에서 뜯어낸 나뭇조각들을 빨아대곤 했다. 하루 종일 구역질을 달고 다녔다. 아무에게도 해를 끼치지 않는 그런 것들을 왜 내게서 빼앗아 가는지 이해할 수 없었다. 나중에서야, 그것 역시 징벌의 일부라는 것을 깨닫게 되었다. 하지만 그때는 담배를 안 피우는 데 익숙해졌기 때문에, 그런 징벌이 내게는 더 이상 징벌이 되지 못했다.

이런 난처한 문제들만 아니면, 나는 그다지 불행하지 않았다.

다시 한 번 말하지만, 모든 문제는 시간을 죽이는 것이었다. 과거를 기억하는 법을 배우고 나서부터는 마침내 그 어떤 것에 대해서도 지루해하지 않게 되었다. 나는 가끔씩 내가 살던 방을 떠올리기 시작했고, 방 한 귀퉁이에서 출발해 그 자리로 되돌아올 때까지 그 중간에 자리하고 있는 물건들을 마음속으로 일일이 되뇌어보았다. 처음에는 빨리 끝나 버렸다. 하지만 다시 시작할 때마다, 시간이 조금씩 길어졌다. 왜냐하면 어떤 가구가 있었는지 모두 기억이 났고, 그 가구 하나하나마다 놓여 있던 물건들, 그 물건들 하나하나가 지닌 자세한 특징들, 그 중에서도 물건에 새겨진 상감, 갈라진 틈이나 깨진 가장자리, 물건의 색깔이나 그 결 따위도 기억났기 때문이다. 그와 동시에, 내 기억 목록의 끈을 놓치지 않으려고 애썼고, 그 목록을 완전하게 채우려고 애썼다. 그 결과 몇 주가 지나자, 내 방에 있던 물건들을 하나하나 되살리는 것만으로도 시간을 보낼 수 있었다. 그런 식으로 생각을 하면 할수록, 잊고 있었거나 신경 쓰지 못했던 것들을 내 기억으로부터 끄집어 낼 수 있었다. 그때 내가 깨달은 것은, 단 하루라도 살아 본 사람이라면 감옥에서는 백 년도 끄떡없이 살 수 있으리라는 것이었다. 지루하지 않을 정도의 충분한 기억을 갖고 있을 터이기 때문이다. 어떻게 보면 그건 유리한 조건이었다.

잠자는 것도 문제였다. 처음에는 밤에 잠을 설쳤고, 낮에도 한숨도 자지 못했다. 차츰 밤잠 자기가 나아졌고, 낮에도 잘 수 있게 되었다. 마지막 몇 달간은 하루에 열여섯 시간에서 열여덟 시간까지 잤다. 따라서 식사, 생리현상 해결, 기억놀이, 체코슬로바키아 이야기 등으로 나머지 여섯 시간을 채우면 되었다.

나는 짚을 넣은 매트리스와 침대 판자 사이에서 오래된 신문지 조각 하나를 발견했다. 매트리스 천에 거의 들러붙어서 노랗게 색이 바라고 투명하게 변해 있었다. 그 신문조각에 잡보 기사 하나가 실려 있었는데, 기사 첫 부분은 떨어져나가고 없었지만 체코에서 일어났던 일이 분명했다. 한 남자가 돈을 벌기 위해 한 체코 마을을 떠났다. 이십오 년이 흐른 후, 부자가 된 그 남자는 부인과 아이 하나를 데리고 마을로 다시 돌아왔다. 그의 어머니는 남자의 여동생과 함께 고향 마을에서 여관을 운영하고 있었다. 두 사람을 놀래켜 주려고, 남자는 부인과 아이를 다른 숙소에 남겨두고, 어머니 집으로 갔다. 어머니는 여관으로 들어오는 아들을 알아보지 못했다. 남자는, 장난삼아, 방을 하나 잡자며 자기 돈을 보여 주었다. 밤이 되자, 어머니와 여동생은 남자의 돈을 훔치기 위해 그를 망치로 때려 살해하고, 그 시체를 강물에 던져버렸다. 아침이 되자, 남자의 아내가 찾아왔고, 지난 밤 사건을 알지 못한 채, 여행객의 신분을 밝혔다. 어머니는 목을 맸다. 여동생은 우물 속에 몸을 던졌다. 나는 그 이야기를 수천 번도 더 읽었다. 한편으로는, 있을 법하지 않은 이야기였고, 다른 한편으로는, 자연스러운 이야기였다. 어쨌든, 그 여행객은 어느 정도는 그런 일을 당할 만했고, 장난은 절대 치면 안 된다는 생각이 들었다.

잠자는 시간, 과거 기억하기, 내 잡보 기사 읽기, 빛과 어둠의 교차와 더불어 그렇게 시간은 흘렀다. 감옥에서는 시간 개념을 잃어버리게 된다는 사실을 책에서 읽어서 잘 알고 있었다. 하지만 내겐 그것이 별 의미가 없었다. 하루하루가 얼마나 길고 동시에 얼마나 짧을 수 있는지 몰랐기 때문이었다. 살아가기에는 분명 긴 시간이지만, 하도 느슨하게 늘어져 버려 결국에는 하루하루의 경계가 지워져

버리고 말았다. 감옥에서의 하루하루는 각자의 이름을 잃어 버렸다. 내게 의미가 있는 건 어제 혹은 내일이라는 말밖에 없었다.

어느 날, 내가 수감된 지 다섯 달이 되었다고 간수가 말해 주었을 때, 그 말을 믿기는 했지만 실감하지는 못했다. 나로서는 매일 똑같은 날들이 내 감방 안에서 끝도 없이 펼쳐졌고, 똑같은 일을 계속하고 있을 뿐이었다. 그날, 간수가 가고 난 뒤, 나는 내 쇠대야에 비친 내 얼굴을 쳐다보았다. 웃어 보려고 애를 썼는데도, 여전히 심각한 표정이었다. 눈앞에서 대야를 흔들어 보았다. 미소를 지었지만, 여전히 완고하고 우울한 모습이었다. 하루가 저물어가고 있었고, 뭐라고 설명하고 싶지 않은 그런 시간이었다. 저녁의 소음들이 침묵의 행렬을 통해 감방의 전 층으로부터 밀려 올라오는 말로 형언할 수 없는 시간이었다. 나는 천장에 난 창으로 다가가, 마지막 햇빛 속에서 내 모습을 다시 한 번 물끄러미 바라보았다. 나는 여전히 심각한 표정이었고, 그건 놀랄 일도 아니었다. 그때는 내가 심각하기도 했기 때문에. 하지만 그와 동시에, 그리고 몇 달 만에 처음으로, 내 목소리가 분명하게 들렸다. 나는 그 소리가 이미 오래 전부터 내 귓가를 울리고 있던 목소리라는 것을 알아차렸고, 그 모든 시간 동안 내가 혼잣말을 하고 있었다는 것을 깨달았다. 그때, 엄마의 장례식 날 간호사가 했던 말이 떠올랐다. 정말 달리 빠져나갈 방법이 없었고, 감옥에서의 저녁이 어떤 것인지는 아무도 상상할 수 없는 것이다.

3

사실 지난 여름이 아주 빨리 지나가고 이듬해 여름이 되었다고 말할 수 있다. 첫 더위가 점점 심해지는 것과 더불어 내게도 뭔가 새로운 일이 일어나리라는 것을 난 알고 있었다. 내 사건은 중죄재판소의 맨 마지막 회기에 배정되었고, 이 마지막 회기는 6월에 종결이 될 예정이었다. 심리가 시작되었을 때 바깥은 온통 햇빛으로 가득했다. 내 변호사는 심리가 이삼일을 넘지 않을 것이라 장담했다. 그리곤 "게다가, 재판부도 서두를 겁니다. 선생님 사건이 이번 회기의 제일 중요한 사건은 아니니까요. 우리 재판 직후에 존속살인범 재판이 있을 예정이거든요."라고 덧붙였다.

오전 일곱 시 반, 사람들이 나를 데리러 왔고, 나는 호송차를 타고 재판소로 향했다. 두 명의 호송 경관이 작고 어두운 방으로 나를 데리고 들어갔다. 우리는 문 가까이에 앉아 기다렸다. 문 뒤쪽에서 사람들의 말소리와 여기저기 부르는 소리, 의자 끄는 소리와 한바탕 난리법석을 떠는 소리가 들려왔다. 동네 축제에서 공연이 끝나고 나면 춤을 추려고 자리 정리 할 때를 떠올리게 하는 그런 시끌시끌함이었다. 호송 경관들이 재판 시작을 기다려야 한다고 말해 주었고, 그중 한 명이 내게 담배 한 개비를 권했지만 거절했다. 그 경관은 곧바로 내게 겁이 나는지 물었다. 아니라고 대답했다. 그리고 한편으론 재판을 구경하는 것도 내겐 흥미로운 일이고, 살면서 그럴 기회가 한 번도 없었다고 했다. "그렇죠, 그래도 나중에는 지치게 마련이죠." 두 번째 경관이 말했다.

잠시 후, 방 안에 벨 소리가 작게 울렸다. 그러자 경관들이 내 수갑을 풀어 주었다. 그들은 문을 열고 나를 피고인석으로 데리고 들어갔다. 법정은 사람들로 미어터질 듯했다. 블라인드가 내려져 있었는데도, 햇빛이 여기저기 새어 들어오고 있었고, 공기는 이미 숨이 막힐 듯 답답했다. 유리창들은 닫혀 있었다. 내가 자리에 앉자, 경관들이 나를 에워쌌다. 내 앞에 열을 지어 앉은 사람들의 얼굴이 눈에 들어온 것은 바로 그때였다. 다들 나를 쳐다보고 있었다. 배심원들이라는 것을 알 수 있었다. 하지만 그 사람들 얼굴에 무슨 차이가 있는지는 말할 수가 없었다. 내가 느낀 인상은 단 하나였다. 내 앞에 긴 전차 의자가 놓여있고 익명의 그 모든 승객들이 새로 탄 승객을 눈으로 훑으며 뭔가 우스운 점을 찾아내려고 하는 그런 느낌이었다. 바보 같은 생각이라는 것을 잘 알고 있다. 그들이 찾는 것은 우스운 것이 아니라 범죄였기 때문이다. 그럼에도 불구하고 그 차이는 크지 않고, 어쨌든 내 머리 속을 스친 건 그런 생각이었다.

나는 꽉 막힌 법정 안의 많은 사람들 때문에 약간 정신이 없기도 했다. 나는 법정 안을 다시 한 번 보았지만, 사람들의 얼굴이 죄다 똑같아 보였다. 처음에는 그 모든 사람들이 나를 보려고 잔뜩 몰려와 있다는 사실을 이해하지 못했다. 평소에, 사람들은 나라는 인간에게 관심이 없었다. 그 모든 난리법석의 원인이 나라는 것을 이해하는 데에는 노력이 필요했다. "정말 많이 왔네요!" 내가 호송 경관에게 말했다. 경관은 신문사들 때문이라고 대답하고는 배심원석 아래쪽 탁자 근처에 자리 잡은 한 무리의 사람들을 가리켰다. "저기들 있네요." 경관이 말했다. "누구요?" 내가 물었다. 경관이 다시 말했다. "신문사들이요." 경관은 그 신문 기자들 중 한 명을 알고 있었고, 그 기자가 경관을 보고는 우리 쪽으로 다가왔다. 나이가 꽤 든 남자는 약간 찡그린 얼굴이었지만 친절해 보이는 인상이었다. 그는 아주 친근하게 경관과 악수를 나누었다. 그 순간 나는, 모두들 서로 아는 사이이고, 서로의 이름을 부르며 이야기를 나누고 있다는 것을 알아챘다. 마치 같은 부류의 사람들끼리 재회의 기쁨을 나누는 어떤 모임에 들어와 있는 듯했다. 나는 왠지 겉돈다는 느낌, 약간은 불청객 같다는 야릇한 느낌이 드는 이유를 납득할 수 있었다. 그럼에도 불구하고, 그 기자는 웃으며 내게 말을 걸었다. 모든 게 잘 되길 바란다고 했다. 감사하다고 하자, 그가 덧붙였다. "아시겠지만, 우리가 당신 사건을 약간 부풀렸습니다. 신문사들은 여름이 비수기라서요. 그나마 다룰 만한 건 당신 사건과 존속 살인사건뿐입니다." 그리고는 조금 전까지 자신과 함께 있던 무리 속에서 키 작은 남자 하나를 가리켰는데, 검은 테의 커다란 안경을 쓴, 살찐 족제비처럼 생긴 남자였다. 기자는 그 남자가 파리의 한 신문사에서 온 특파원이라고 내게 말해 주었다. "당신을 취재하러 온 건 아닙니다. 그래도 존속살인 재판 보도 담당이라, 당신 사건도 함께 전송해달라는 부탁을 받은 것이죠." 이때도 나는 기자에게 감사 인사를 할 뻔했다. 그런데 생각해 보니 우스울 것 같았다. 기자는 내게 다정한 손짓을 살짝 하고는 우리 곁을 떠났다. 우리는 몇 분을 더 기다렸다.

법복 차림의 내 변호사가 다른 많은 동료들에 둘러싸인 채 들어왔다. 그는 기자들 쪽으로 가서 악수를 나누었다. 그들은 법정 안에 벨이 울릴 때까지 농담도 하고 소리 내어 웃으며 굉장히 편안해 보였다. 모두들 자기 자리로 돌아갔다. 내 변호사는 나에게 와서 악수를 하고는 질문에는 짧게 대답하고, 먼저 말을 하지 말고, 나머지는 자기에게 다 맡기라고 조언을 해 주었다.

내 왼쪽에서 의자를 뒤로 미는 소리가 들렸다. 붉은 색 옷을 입고 코안경을 걸친 키 크고 마른 남자가 자기 법복을 정성스럽게 여미며 자리에 앉는 것이 보였다. 검사였다. 법원 정리가 재판관들의 출정을 알렸다. 그와 동시에, 두 개의 대형 선풍기가 윙윙거리기 시작했다. 두 명은 검은 법복, 한 명은 붉은 법복 차림인 총 세 명의 판사가 서류 뭉치를 들고 입장했고, 법정이 한눈에 내려다보이는 재판관석을 향해 서둘러 걸음을 옮겼다. 붉은 법복을 입은 사람이 가운데 의자에 앉아 자신의 법모를 앞에 벗어 놓고는 손수건으로 조그만 대머리를 닦고 나서, 재판의 개정을 선언했다.

기자들은 벌써부터 펜을 손에 쥐고 있었다. 모두들 하나같이 무심하고 약간은 비웃는 듯한 표정이었다. 그런데, 그들 중 한 명, 파란색 넥타이에 회색 프란넬 옷을 입은 아주 젊은 남자는 자기 펜을 앞에 둔 채 나를 쳐다보고 있었다. 약간 비대칭인 그의 얼굴에서는 나를 뚫어져라 쳐다보던 아주 맑은 두 눈 밖에 보이지 않았는데, 딱히 이렇다 할 만한 어떤 의도는 드러내지 않았다. 그래서 나는 나 자신이 나를 쳐다보고 있는 듯한 이상한 느낌이 들었다. 뒤이어 일어난 모든 일들, 그러니까 배심원들의 추첨, 재판장이 변호사와 검사와 배심원단에게 던지는 질문들(질문을 받을 때마다, 모든 배심원들이 동시에 재판장석을 향해 고개를 돌렸다), 내가 아는 장소와 사람들의 이름이 기록된 기소장의 재빠른 낭독, 내 변호사에게 던져진 새로운 질문들 따위를 내가 제대로 이해하지 못했던 것은 아마 그런 느낌 때문이었고, 또 내가 그곳의 생리를 잘 몰랐기 때문이었던 것 같다.

그런데 재판장이 증인 호출을 시작하겠다고 했다. 정리가 호명한 이름들이 내 이목을 끌었다. 조금 전까지만 해도 특징 없이 다 똑같아 보이던 방청석 한가운데서, 하나 둘 자리에서 일어나 옆문으로 나가는 이들이 눈에 띄었다. 양로원 원장과 관리인, 토마 페레스 영감, 레이몽, 마송, 살라마노, 마리였다. 마리는 내게 불안하다는 제스처를 살짝 해 보였다. 그 사람들을 좀 더 일찍 발견하지 못한 것이 새삼 놀라웠다. 바로 그때, 자기 이름이 마지막으로 불리자 셀레스트가 자리에서 일어났다. 셀레스트 옆에는, 식당에서 봤던 그 키 작은 여자가 있었는데 똑같은 재킷에 여전히 단호하고 똑 부러지는 표정이었다. 여자는 나를 뚫어져라 쳐다보았다. 하지만 재판장이 말을 시작했기 때문에 더는 생각할 시간이 없었다. 재판장은 정식으로 심리가 시작될 것이고, 방청객들에게 굳이 정숙을 요구할 필요는 없으리라 생각한다고 말했다. 그의 말에 따르자면, 그는 자신이 객관적으로 검토하고자 하는 사건 심리를 공정하게 이끌어가기 위해 그 자리에 있는 것이라고 했다. 배심원단의 평결은 정의의 정신에 따라 이루어질 것이고, 요컨대 조금의 불상사라도 발생하면 방청객들을 퇴장시킬 것이라고 했다.

더위가 점점 심해졌고, 방청객들이 신문으로 부채질을 하는 것이 보였다. 그 때문에 구겨진 신문지 소리가 나지막하게 이어지고 있었다. 재판장이 손짓을 하자, 정리가 짚으로 엮은 부채 세 개를 가지고 왔고, 세 명의 판사들은 바로 부채질을 시작했다.

나에 대한 심문이 곧 시작되었다. 재판장이 침착하게, 어찌 보면 — 나한테는 그렇게 보였다 — 진심 어린 말투로 내게 질문을 했다. 내 신분을 한 번 더 밝혀줄 것을 요구했는데, 나는 귀찮긴 했지만, 따지고 보면 당연하다는 생각이 들었다. 다른 사람으로 잘못 알고 재판을 한다는 건 아주 심각한 문제일 터이기 때문이다. 그 다음에는 재판장이 나의 행적을 다시 이야기하기 시작했고, 세 문장이 끝날 때마다 내게 "맞습니까?"라고 물었다. 그때마다 나는 변호사의 지시에 따라 "네, 재판장님."이라고 대답했다. 심문은 길었다. 재판장이 세세한 데까지 정확에 정확을 기하였기 때문이다. 그 시간 동안, 기자들은 줄곧 받아 적었다. 그들 중 제일 젊은 남자와 키 작은 로봇 인형 같은 여자의 시선이 느껴졌다. 전차의 기다란 의자는 온통 재판장을 향해 있었다. 재판장은 기침을 하고 자기 서류를 뒤적거리고는 부채질을 하며 내 쪽을 바라보았다.

그는 이제부터 겉으로는 내 사건과 무관해 보이지만, 어쩌면 아주 밀접한 관련이 있을지도 모르는 문제들에 대해 다루어야 한다고 내게 말했다. 난 또다시 엄마 이야기를 할 것이라는 걸 알 수 있었고, 동시에 그것이 얼마나 지겨운 일인지 직감했다. 재판장은 엄마를 왜 양로원에 보냈는지 물었다. 엄마를 부양하고 돌볼 정도로 돈이 넉넉하지 않았기 때문이었다고 대답했다. 그는 엄마를 돌보는 일이 개인적으로 부담이었는지 물었고, 나는 엄마도 나도 서로에게 더 이상 아무것도 기대하지 않았고 더욱이 그 누구에게도 기대하는 바가 없었으며, 우리 두 사람 다 우리의 새로운 생활에 익숙해져 있었다고 대답했다. 그러자 재판장은 그 문제를 물고 늘어질 의도는 없다고 했고, 내게 다른 질문은 없는지 검사에게 물었다.

검사는 나를 쳐다보지 않고 내 쪽으로 등을 반쯤 돌린 채, 재판장이 허락한다면, 내가 아랍인을 죽일 의도를 가지고 혼자 해변으로 되돌아갔었는지 알고 싶다는 의사를 표명했다. "아닙니다." 내가 대답했다. "그렇다면, 그는 왜 무기를 가지고, 왜 정확히 그 장소로 다시 갔을까요?" 나는 우연이었다고 했다. 그러자 검사가 악의적인 말투로 한마디 했다. "지금은 여기까지만 하겠습니다." 그 다음에는 적어도 내게는 모든 것이 다소 어수선했다. 그런데 잠시 자기들끼리 이야기를 하고 나서, 재판장은 휴정을 선언했고, 증인 심문을 위해 재판은 오후에 재개될 것이라고 했다.

나는 자세히 생각할 겨를이 없었다. 사람들이 나를 데리고 나가 호송차에 태워 감옥으로 데리고 갔고, 거기서 밥을 먹었다. 간신히 피곤함을 느낄 만큼의 짧은 시간이 순식간에 지나가자 다시 나를 데리러 왔다. 모든 것이 다시 시작되었고 나는 똑같은 그 법정에 똑같은 얼굴들 앞에 다시 자리 잡았다. 더위만이 훨씬 더 심해졌고, 마치 기적처럼 모든 배심원들과 검사, 내 변호사와 기자 몇 명도 밀짚 부채를 가지고 있었다. 그 젊은 기자와 로봇인형 여자는 거기 그대로 있었다. 하지만 두 사람은 부채질을 하지 않았고 여전히 아무 말 없이 나를 쳐다보았다.

나는 얼굴에 흐르는 땀을 닦았다. 그곳과 나 자신에 대해 다소나마 정신을 차린 것은 양로원 원장의 이름이 불리는 소리를 들었을 때다. 사람들은 그에게 엄마가 나에 대해 불만을 얘기했는지 물었고, 원장은 그렇다고 대답했지만, 가족들에 대한 불평은 자기 양로원 사람들의 특이한 버릇 같은 것이라고 했다. 재판장은 엄마를 양로원에 보낸 나를 엄마가 비난한 적 있는지를 정확하게 이야기해 달라고 했고, 원장은 다시 한 번 그렇다고 했다. 하지만 이번에는 아무 말도 덧붙이지 않았다. 또다른 질문에 대해, 원장은 장례식 날 나의 침착함에 놀랐다고 대답했다. 침착함이 어떤 의미인지 물었다. 그러자 원장은 자기 구두코를 내려다보고는, 내가 엄마 시신을 보고 싶어 하지 않았고, 단 한 번도 울지 않았으며, 무덤에서 묵념도 하지 않고 장례식이 끝나자마자 가 버렸다고 했다. 나를 놀라게 한 것은 한 가지 더 있다. 장의사 직원 하나가 원장에게 내가 엄마 나이를 모르더라고 이야기했다는 것이다. 일순간 침묵이 흘렀고, 재판장은 원장에게 정말로 나에 대한 이야기가 맞는지 물었다. 원장이 질문을 이해하지 못하자, 재판장이 "법률상하는 질문입니다."라고 말했다. 그리고 재판장은 검사에게 증인에게 질문할 것이 없는지 물었고, 검사는 "아, 없습니다. 그걸로 충분합니다."라고 외쳤다. 그 목소리가 너무도 당당하고, 나를 바라보는 눈길이 얼마나 의기양양했던지 나는 몇 년 만에 처음으로, 울고 싶은 바보 같은 마음이 들었다. 그곳의 모든 사람들이 나를 얼마나 미워하는지 느껴졌기 때문이었다.

증인에게 질문이 있는지 배심원단과 내 변호사에게 묻고 난 뒤, 재판장은 양로원 관리인을 증인으로 요청했다. 관리인에 대해서도 다른 증인들과 마찬가지로, 똑같은 절차가 되풀이되었다. 증인석으로 들어오던 관리인은 나를 쳐다보고는 시선을 돌려 버렸다. 그는 묻는 질문들에 대답했다. 내가 엄마를 보고 싶어 하지 않았고, 담배를 피웠으며, 잠을 자고 카페오레를 마셨다고 했다. 그때 무언가가 법정 전체를 술렁이게 하는 것이 느껴졌고, 나는 난생처음으로 내가 죄인임을 깨달았다. 관리인은 카페오레 이야기와 담배 이야기를 여러 번 이야기해야 했다. 검사는 조롱하는 눈빛으로 나를 쳐다보았다. 그때, 내 변호사가 관리인에게 그도 나와 같이 담배를 피우지 않았냐고 물었다. 그런데 검사가 이 질문에 격렬히 반박하고 나섰다. "여기서 범죄자가 도대체 누구입니까? 그리고 증언들의 증거 능력을 깎아내리려고 검사 측 증인들의 명예를 훼손하는 이런 방식이 말이 됩니까! 그렇다고 증언의 효과가 떨어지는 건 아닙니다!" 그럼에도, 재판장은 관리인에게 대답을 요구했다. 늙은 관리인은 당황한 기색으로 말했다. "저도 제가 잘못한 걸 잘 압니다. 그래도 저 분이 권하는 담배를 거절하기 곤란했습니다." 마지막으로, 내게 더 할 말은 없는지 물었다. 나는 말했다. "증인의 말이 맞다는 것 말고는 없습니다. 제가 담배를 권한 게 맞습니다." 그러자 관리인은 약간 놀라며 어찌 보면 고마워하는 듯한 표정으로 나를 쳐다보았다. 관리인은 약간 머뭇대다가, 카페오레는 자기가 내게 권했다고 했다. 내 변호사는 세상을 다 얻은 듯 한껏 목청을 높여 배심원단이 알아서 판단하실 거라고 말했다. 그러나 검사는 우리 머리 위로 벼락 같은 고성을 쏟아냈다. "네, 배심원단께서 판단하실 겁니다. 그리고 잘 모르는 사람이 커피를 권할 수야 있지만, 아들이라면 자신을 낳아 준 어머니의 시신 앞에서 당연히 거절했어야 한다고 결론 내리실 겁니다." 관리인은 자기 자리로 돌아갔다.

토마 페레스 영감의 차례에서는, 정리가 그를 증인석까지 부축해 주어야 했다. 페레스 영감은 자기가 특히 엄마를 잘 알았고, 나는 장례식 날 단 한 번 밖에 보지 못했다고 했다. 내가 그날 어떤 행동을 했느냐는 질문에, 그는 "이해하시겠지만, 저 자신이 너무 힘들었습니다. 그래서 아무것도 못 봤습니다. 힘들어서 제대로 볼 수가 없었어요. 나에게는 너무 큰 고통이었으니까요. 기절까지 했습니다. 그러다보니. 저 분을 볼 겨를이 없었어요." 검사는 최소한 내가 우는 것은 보았는지 물었다. 페레스는 못 봤다고 했다. 그러자 이번에는 검사가 "배심원단께서 판단하실 겁니다."라고 말했다. 그런데 내 변호사가 화를 냈다. 그는 과장돼 보이는 어조로 내가 울지 않는 것은 보았는지 페레스에게 물었다. 페레스가 대답했다. "못 봤습니다." 방청석에서 웃음이 터져 나왔다. 변호사는 소매 한 쪽을 걷어 올리며, 단호하게 말했다. "이것이 바로 이 재판의 진짜 모습입니다. 모든 게 사실이지만, 그 어떤 것도 사실이 아닙니다!" 얼굴이 굳어진 검사는, 연필로 자기 서류의 제목을 꾹꾹 찔러댔다.

오 분 간의 휴정 동안, 변호사는 내게 모든 게 최선의 방향으로 진행되고 있다고 말했다. 휴정이 끝나고는 피고인 측 증인 셀레스트의 증언이 있었다. 피고인이란 바로 나를 말하는 것이었다. 셀레스트는 이따금 내 쪽으로 시선을 돌렸고, 중절모를 두 손으로 둘둘 말아대고 있었다. 그는 가끔 일요일에 나와 함께 경마장에 갈 때 입곤 하던 새 양복 차림이었다. 하지만 구리 단추 하나로만 셔츠를 채우고 있는 걸로 봐서 깃을 달지는 못한 것 같았다. 그는 내가 자기 식당의 손님이었느냐는 질문에 "예, 그런데 친구이기도 합니다."라고 대답했다. 나를 어떤 사람으로 생각하느냐는 질문에는 사나이라고 대답했다. 사나이가 무슨 뜻이냐고 묻자, 그게 무슨 뜻인지는 누구나 다 안다고 대답했다. 내 성격이 내성적이라는 걸 알고 있었냐는 질문에는, 쓸데없는 말은 안 한다고만 대답했다. 내가 밥값은 꼬박 꼬박 냈는지 검사가 물었다. 셀레스트는 소리 내어 웃더니, '그건 우리끼리의 사소한 문제'라고 했다. 나의 범죄에 대해 어떻게 생각하는지 또다시 질문을 했다. 그가 두 손으로 증인석 난간을 짚었다. 뭔가 준비를 해온 듯 보였다. 그는 "제가 보기엔, 그건 불행입니다. 불행이 무엇인지는 누구나 다 압니다. 불행은 막을 도리가 없지요. 그렇지요! 제가 보기에는 불행입니다."라고 말했다. 그는 더 이야기하려고 했지만, 재판장이 그 정도면 됐고, 증언에 감사하다고 말했다. 그러자 셀레스트는 약간 당황해 했다. 하지만 이야기를 좀 더 하고 싶다고 말했다. 재판장은 간단히 해달라고 부탁했다. 셀레스트는 여전히 그건 불행이었다고 되풀이했다. 그러자 재판장이 말했다. "네, 잘 알 겠습니다. 그런 불행을 재판하기 위해 우리가 여기 있는 겁니다. 증인께 감사드립니다." 자기의 능력과 선의는 최선을 다 했다는 듯 셀레스트는 내 쪽을 바라보았다. 그의 두 눈에 눈물이 글썽대는 것 같았고, 입술은 떨리는 듯했다. 더 할 수 있는 게 무엇인지 내게 묻는 것 같았다. 나는 아무런 말도, 아무런 몸짓도 하지 못했지만, 그때 나는 난생처음으로 한 남자를 끌어안고 싶은 마음이 들었다. 재판장은 그에게 증인석에서 내려가도록 한 번 더 지시했다. 셀레스트는 방청석으로 가서 앉았다. 그는 재판이 끝날 때까지 내내 몸을 약간 앞으로 숙이고, 양 팔꿈치는 무릎에 괴고, 두 손에는 중절모를 쥔 채 법정에서 오가는 말들을 하나도 놓치지 않고 그 자리에 앉아 있었다. 마리가 들어왔다. 모자를 쓰고 있었고, 여전히 예뻤다. 하지만 나는 머리를 풀어헤친 마리가 더 좋았다. 내 자리에서도 그녀 가슴의 가벼운 무게를 짐작할 수 있었고, 늘 약간은 도톰한 그녀의 아랫 입술도 알아볼 수 있었다. 마리는 굉장히 긴장한 것 같았다. 곧이어 검사는 마리에게 언제부터 나를 알고 지냈는지 물었다. 그녀는 자기가 우리 회사에서 일했던 시기를 이야기했다. 재판장은 나와 어떤 관계였는지 알고자 했다. 마리는 친구라고 했다. 다른 질문에는 나와 결혼할 사이인 것은 사실이라고 대답했다. 서류를 들춰보던 검사가 느닷없이 우리의 관계가 언제 시작되었는지 물었다. 마리가 날짜를 말했다. 검사는 무심한 표정으로 그날이 엄마가 죽은 다음날인 것 같다고 지적했다. 그러고는, 약간 비아냥거리는 투로 자기는 민감한 상황에 대해서 따지고 들 생각은 없고, 마리가 느끼는 양심의 가책도 충분히 이해하지만(여기서 그의 어조가 좀 더 단호해졌다), 자신의 의무상 그런 사정들을 모두 뛰어넘을 수밖에 없다고 했다. 그래서 그는 마리에게 내가 그녀를 알게 된 그날 하루 동안 무슨 일이 있었는지 간단히 요약해 달라고 했다. 마리는 말하고 싶어 하지 않았지만, 검사의 집요한 요구에, 함께 수영했던 일, 극장에 갔던 일, 우리 집에 함께 왔던 일을 이야기했다. 검사는 수사 과정에서 마리의 진술 이후, 그날의 영화 프로그램을 조사해 보았다고 했다. 그날 어떤 영화를 상영했는지는 마리가 직접 말해 줄 거라고 덧붙였다. 마리는 정말 목이 멘 것 같은 목소리로, 페르낭델이 나오는 영화였다고 말했다. 그녀의 말이 끝나자, 법정은 찬물을 끼얹은 듯 고요해졌다. 그때 검사가 아주 근엄한 표정으로 자리에서 일어나, 내가 생각하기에도 정말로 격앙된 목소리로 손가락으로 나를 지목하며 천천히 또박또박 말했다. "배심원 여러분, 자기 어머니가 돌아가신 다음날, 이 사람은 해수욕을 하고, 부적절한 관계를 시작하고, 코미디 영화를 보러 가서 낄낄거렸습니다. 저는 더 이상 드릴 말씀이 없습니다." 침묵이 이어지는 가운데 그는 자리에 앉았다. 그런데 갑자기 마리가 울음을 터뜨리며, 그런 게 아니라고, 다른 것도 있고, 자기 생각과는 정반대의 이야기를 억지로 할 수밖에 없었으며, 자기는 나를 잘 알고 있고 나는 나쁜 짓을 절대 하지 않았다고 했다. 하지만 재판장의 지시로 정리가 그녀를 데리고 나갔고, 재판은 계속되었다.

그다음에는, 내가 정직한 사람일 뿐만 아니라, 착한 사람이라고 마송이 진술했으나 제대로 듣는 이는 거의 없었다. 살라마노 역시 내가 자기 개를 잘 대해 주었다고 말했고, 어머니와 나에 대한 질문에 내가 엄마에게 더 이상 할 말이 없었고 그래서 엄마를 양로원에 보냈다고 했지만, 귀담아 듣는 이는 거의 없었다. 살라마노는 말했다. "이해를 해야 합니다. 이해해야 한다고요." 하지만 이해하는 이는 아무도 없는 것 같았다. 정리가 살라마노를 데리고 내려갔다.

그 다음은 레이몽 차례였다. 그가 마지막 증인이었다. 레이몽은 내게 슬쩍 손짓을 하고는 곧장 내가 무죄라고 말했다. 하지만 재판장은 평가를 내려달라는 것이 아니라, 사실 관계를 말해 달라고 했다. 재판장은 레이몽에게 질문을 듣고 답변해 줄 것을 요구했다. 재판장은 레이몽과 피해자와의 관계를 정확히 이야기해 달라고 했다. 레이몽은 그때를 이용해, 자기가 피해자 여동생의 따귀를 때린 후로 그 피해자로부터 미움을 산 사람은 바로 자기라고 말했다. 재판장은 피해자가 나를 미워할만한 이유는 없었는지 물었다. 레이몽은 내가 해변에 갔던 것은 우연의 결과라고 했다. 그러자 검사가 이 사건의 발단이 된 그 편지를 어떻게 내가 쓰게 되었는지 물었다. 검사는 이번 사건에서 그 우연이라는 것이 양심에 이미 숱한 폐해를 끼쳤다고 반박했다. 그는 레이몽이 자기 정부의 따귀를 때렸을 때

내가 말리지 않은 것도 우연이었는지, 내가 증인으로 경찰서에 출두한 것도 우연이었는지, 그 증언 당시 내 진술이 순전히 레이몽 편들기로 밝혀진 것 역시 우연이었는지 알고 싶다고 했다. 끝으로 그는 레이몽에게 직업이 무엇인지 물었고, 레이몽은 창고지기 라고 대답했다. 검사는 배심원들에게 본 증인이 포주 일을 하는 건 아는 사람은 다 아는 사실이라고 말했다. 나는 그의 공범이었고 그의 친구였다고도. 이 사건은 천박하기 이루 말할 데 없는 참사이고, 끔찍한 패륜아가 연루되었다는 점에서 문제의 심각성이 더하다는 것이었다. 레이몽은 변명을 하려고 했고, 내 변호사도 이의를 제기했지만, 재판장은 검사의 말을 끝까지 들어야 한다고 했다. 검사가 말했다. "할 말은 거의 다 했습니다." 그리고 레이몽에게 물었다. "그가 당신의 친구였습니까?" "네, 친한 친구였습니다." 레이몽이 말했다. 그러자 검사는 똑같은 질문을 나에게도 했고, 나는 레이몽을 쳐다보았다. 그는 시선을 돌리지 않고 있었다. "네." 내가 대답했다. 그때 검사는 배심원단 쪽으로 돌아서서 분명하게 말했다. "어머니가 돌아가신 그 다음 날 더할 나위 없이 수치스럽고 문란한 관계에 빠져들었던 바로 그 사람이 특별한 이유도 없이, 차마 말로 할 수 없는 치정 사건을 덮기 위해 살인을 저지른 것입니다."

그리고 그는 자리에 앉았다. 하지만 내 변호사는 참다못해 두 팔을 쳐들며 소리쳤고, 그 바람에 법복의 양 소매가 흘러내려 풀 먹인 셔츠의 주름이 드러났다. "그러면 결국, 피고인은 엄마 장례를 치른 것 때문에 기소된 겁니까, 아니면 살인을 해서 기소된 겁니까?" 방청객이 웃음을 터뜨렸다. 하지만 검사는 또 한 번 일어나 법복의 위엄을 과시하며 말하기를, 존경해 마지않는 변호인처럼 순진하지 않고서야 이 두 가지 사실 간에 깊고도 비장하며 본질적인 관계가 있다는 것을 어떻게 의식하지 않을 수 있겠냐고 말했다. 그는 "그렇습니다, 저는 이 사람이 범죄자의 마음으로 어머니 장례를 치렀다는 점에서 그를 고발하는 바입니다." 라고 힘주어 말했다. 이 말은 방청객들에게 상당한 영향을 미친 것 같았다. 내 변호사는 어깨를 으쓱해 보이고는 이마에 흐른 땀을 닦았다. 하지만 그도 동요하는 기색이었고, 나는 사태가 내게 유리하게 진행되고 있지 않다는 것을 직감했다.

재판은 끝이 났다. 호송차에 오르기 위해 법원을 나서던 나는 짧은 순간 여름밤의 색깔과 냄새를 느꼈다. 나는 어두컴컴한 호송차 안에서, 마치 깊은 고단함에 빠진 것처럼, 내가 좋아했던 한 도시의 친근한 소음들, 내가 기쁨을 느끼곤 했던 어떤 시간의 익숙한 소리들 하나하나와 다시 조우했다. 벌써 편안해진 공기 속에서 들리는 신문장수들의 고함 소리, 공원을 제일 늦게까지 날아다니는 새들, 샌드위치 장수들이 손님 부르는 소리, 도시 저 높은 곳 모퉁이를 달리는 전차의 비명소리, 항구에 밤이 내리기 전, 동네의 그 시끌벅적한 소리, 이 모든 것들이 내게는 눈 먼 자를 이끌어 주는 여정, 내가 감옥에 들어오기 전부터 익히 알고 있던 여정이 되어 다시금 그려지고 있었다. 그랬다. 아주 오래 전, 내가 만족해 마지않던 바로 그 시간이었다. 그때, 나를 기다리던 것은 늘 꿈꾸지 않는 가벼운 잠이었다. 그렇지만 무언가 달라져 있었다. 다음날에 대한 기대와 더불어 내가 다시 만난 것은 바로 나의 감방이기 때문이다. 마치 여름 하늘에 새겨진 익숙한 길들이 아무 죄 없는 잠으로 이어질 수도, 감옥으로도 이어질 수 있는 것처럼 말이다.

4

피고인석에 앉아있더라도, 남들이 하는 내 이야기를 듣는 건 늘 재미있다. 검사의 논고와 변호사의 변론이 벌어지는 동안 사람들은 나에 대해, 아마 내 범죄보다는 나에 대해 더 많은 이야기를 했다고 말할 수 있다. 그런데 논고와 변론이 크게 달랐던가? 변호사는 변론에서 두 팔을 쳐들고, 유죄이긴 하지만 정상참작의 여지가 있다고 했다. 검사는 두 손을 내밀고 유죄를 주장했지만, 정상참작의 여지는 없었다. 그런데 왠지 모르게 나를 불편하게 만드는 것이 한 가지 있었다. 조심해야 한다는 것을 알면서도, 나는 이따금 끼어들고 싶어졌고, 그럴 때면 내 변호사는 "잠자코 계세요, 선생님 사건은 그 편이 더 낫습니다."라고 말했다. 어떻게 보면, 사람들은 나를 제쳐놓고 내 사건을 다루는 것 같았다. 모든 것이 내 생각과는 무관하게 굴러가고 있었다. 내 의견은 하나도 들어보지 않은 채, 내 운명이 결정되고 있었다. 나는 간혹 모두의 말에 끼어들어 이렇게 말하고 싶은 마음이 굴뚝 같았다. "그런데, 도대체 누가 피고인인 건가요? 피고인이라는 건 중요한 겁니다. 나도 할 말이 있다고요!" 그런데 곰곰이 생각해 보면, 난 할 말이 하나도 없었다. 더군다나 사람들의 이목을 끄는 데에서 얻는 재미가 그리 오래 가지 않는다는 것을 인정하지 않을 수 없다. 예컨대, 나는 검사의 논고가 금세 지루해졌다. 나를 놀라게 하거나 내 관심을 끌었던 건 전체 맥락과는 상관없는 그저 단편적인 이야기들이나 몸짓 혹은 순전히 장광설에 지나지 않는 것들이었다.

내가 제대로 이해했다면, 검사의 생각은 기본적으로 내가 내 범행을 사전에 계획했다는 것이다. 그는 그것을 증명하려고 애썼다. "배심원 여러분, 제가 그것을 증명해 보일 것이고, 이중으로 증명해 보이겠습니다. 첫째로는, 명명백백한 사실 관계에 비추어, 그 다음에는 저 범죄자의 심리가 제게 제시하게 될 어두침침한 관점에 비추어서 말이죠." 이렇게 그는 엄마의 죽음에서부터 시작하여 사실 관계를 요약해 이야기했다. 그는 나의 냉담한 태도, 엄마의 나이와 관련해서 내가 보인 무심한 태도, 이튿날의 여자와 함께 한 해수욕, 영화, 페르낭델, 끝으로 마리와 함께 집으로 온 것까지. 그 순간 나는 이해하는 데 시간이 좀 걸렸다. 그가 마리를 '그의 정부'라고 불렀기 때문이다. 하지만 내게는 그냥 마리였다. 그 다음에는 레이몽의 이야기로 넘어갔다. 사건을 보는 그의 방식이 아주 명확하다는 생각이 들었다. 그의 말은 그럴듯했다. 나는 레이몽과 합심하여 그의 정부를 꾀어내어 도덕성이 심히 의심스러운 한 남자의 악랄한 학대를 받게끔 떠넘길 목적으로 편지를 썼다는 것이다. 나는 해변에서 레이몽의 상대들을 도발했다. 레이몽이 부상을 입었다. 나는 레이몽에게 권총을 달라고 했다. 그 권총을 써먹기 위해 나는 홀로 해변으로 되돌아왔다. 계획했던 대로 나는 아랍인을 쏘았다. 기다렸다. 그리고 일을 확실하게 마무리 짓기 위해 네 발을 더 쏘았다. 침착하고, 확실하게, 말하자면 용의주도하게.

검사가 말했다. "자, 여러분, 저는 이 사람이 상황을 충분히 인지한 상태에서 살인을 저지르게 된 경위를 여러분들 앞에서 되짚어보았습니다. 저는 이 점을 강조하고 싶습니다. 왜냐하면 이것은 통상적인 살인사건, 여러분들이 정상참작을 해 줄 수 있는 우발적인 행위가 아니기 때문입니다. 여러분, 이 사람은 똑똑한 사람입니다. 이 사람이 말하는 걸 여러분들도 듣지 않으셨나요? 대답도 할 줄 압니다. 말의 의미도 잘 알고 있습니다. 자기가 무슨 짓을 하는지 이해 못한 상태에서 행동했다고 말할 수 없습니다."

나는 귀 기울여 들었고, 나를 똑똑한 사람이라고 말하는 것도 들었다. 평범한 사람한테는 장점인 것이 어떻게 죄인에게는 결정적으로 불리한 증거가 될 수 있는지 이해하기 힘들었다. 적어도 그 점은 놀라지 않을 수 없었고, 더 이상은 검사의 말을 듣지 않았다. 그가 이런 말을 하기 전까지는. "그가 후회하는 기색이라도 보인 적이 있었습니까? 전혀 없었죠, 여러분. 수사 과정에서 저 사람은 자신의 가증스러운 중대 범죄에 대해 단 한 번도 감정적 동요를 보인 적이 없었습니다." 바로 그때, 검사는 내 쪽으로 돌아서서 나를 손가락으로 지목하며 혹독한 비난을 이어갔는데, 사실 난 그 이유를 잘 몰랐다. 분명, 그의 말이 옳다는 것을 인정할 수 밖에 없었다. 내 행동을 별로 후회하지는 않았기 때문이다. 하지만 그렇게까지 혹독하게 몰아붙이는 것은 좀 놀라웠다. 나는 그에게 진심으로, 애정마저 느끼며, 나는 무엇에 관해서든 진심으로 후회해본 적이 한 번도 없었다고 설명해 주고 싶었다. 나는 늘 앞으로 닥쳐올 일, 오늘 혹은 내일에만 관심이 있었다. 하지만 내가 처해 있던 상황에서는, 그 누구에게도 이런 식으로 말할 수 없었다. 당연했다. 진심을 표현할 권리도, 선의를 지닐 권리도 내겐 없었다. 나는 조금 더 들어보기로 했다. 검사가 내 영혼에 대해 이야기하기 시작했기 때문이다.

그는 내 영혼을 들여다보았고, 아무것도 찾아볼 수 없었다고 말했다. 사실, 내게는 영혼이라고 할 수 있는 게 전혀 없었고, 인간적인 면도 전무하며, 인간의 심성을 지켜주는 도덕규범이라고는 단한 점도 찾아볼 수 없었다고 했다. 그는 덧붙였다. "아마도, 이 때문에 저 사람을 비난할 수는 없을 것입니다. 그가 갖출 수 없었던 것들이 지금 그에게 없다고 해서 불평을 할 수는 없습니다. 하지만 이 법정에서는 관용이라는 지극히 부정적인 미덕은, 쉽지는 않지만, 보다 숭고한 정의의 미덕으로 바뀌어야 합니다. 이 인간에게서 찾아볼 수 있는 텅 빈 심성이, 이 사회를 집어삼킬 수도 있는 구렁텅이로 변할 때는 더더욱 그러합니다." 그가 엄마에 대한 나의 태도를 이야기하기 시작한 것도 바로 그때다. 그는 심리 중에 했던 말들을 똑같이 되풀이했다. 하지만 내 범죄에 대해 이야기할 때보다 훨씬 더 길게 말했고, 너무 장황하다 보니 나중에는, 그날 오전 더위 말고는 아무것도 느낄 수 없었다. 적어도, 검사가 말을 멈추고, 잠시 침묵이 흐른 뒤 아주 나지막하고 아주 확신에 찬 목소리로 다시 말을 이어갈 때까지는 그랬다. "바로 이 법정에서, 여러분, 내일 흉악범죄 중에서도 가장 끔찍한 범죄의 재판이 열릴 예정입니다. 바로 아버지 살해범입니다." 검사의 말에 따르면, 이 잔혹한 범죄 앞에서는 상상력조차도 무기력해진다는 것이었다. 검사는 인간의 정의가 가차 없는 처벌을 내려주기를 감히 기원한다고 했다. 하지만 그가 자신 있게 말할 수 있는 바는, 그 범죄가 검사에게 불러일으키는 두려움도 나의 무감각 앞에서 느끼는 두려움을 능가하지 못한다는 것이었다. 또 그에 따르면, 자기 어머니를 도덕적으로 살해한 인간은 자신을 낳아 준 아버지를 자기 손으로 죽이는 인간과 마찬가지로 인간 사회와 등을 지는 것이라고 했다. 어쨌건 전자는 후자의 행위를 준비하는 것이고, 예고하는 것이며 어떻게 보면 정당화하는 것이라고 했다. 검사가 목소리를 높여 덧붙였다. "여러분, 저는, 확신합니다, 제가 여기 피고인석에 앉아있는 사람이 내일 재판을 받게 될 그 살인죄에 대해서도 유죄라고 말씀드려도, 제 생각이 너무 지나치다고 생각지 않으실 겁니다. 결론적으로 이 사람은 벌을 받아 마땅합니다." 이 대목에서, 검사는 땀으로 번들거리는 얼굴을 닦았다. 그는 마지막으로 자신의 의무는 괴롭지만, 단호하게 수행할 것이라고 했다. 그는 내가 한 사회의 가장 본질적인 규범을 인지하지 못하는 바, 그 사회와는 아무런 연결점이 없으며, 내가 인간 심성의 기본적인 반응들을 무시하는 바, 그 인간의 심성에도 호소할 수 없다고 분명히 했다. 그는 말했다. "저는 여러분께 저 사람의 사형을 요구하는 바입니다. 그리고 이를 요구하는 저의 마음은 가볍습니다. 지금까지 짧지 않은 제 경력에서 사형을 구형한 적도 있었지만, 그 고통스러운 의무가, 오늘처럼, 절대적이고 신성한 명령의 자각을 통해, 또 괴물로밖에는 보이지 않는 한 인간의 얼굴 앞에서 느끼는 두려움 덕분에, 그 부담을 떨치고, 균형을 회복하고, 빛을 발한다고 느껴 본 적은 없었기 때문입니다."

검사가 자리에 다시 앉자, 꽤나 긴 침묵이 흘렀다. 나는 더위와 충격으로 얼떨떨했다. 재판장은 잠시 기침을 하고는 아주 낮은 어조로, 내게 더 할 말이 없는지 물었다. 나는 자리에서 일어섰고 말하고 싶은 마음이 간절했기에, 약간은 무턱대고, 아랍인을 죽일 의도는 없었다고 말했다. 재판장은 그것은 의사표명일 뿐이고, 지금까지의 내 변호 방식을 이해하기 힘들며, 변호사의 변론을 듣기 전에 내 행동을 야기했던 동기를 정확히 밝혀 주면 좋겠다고 했다. 내 말은 약간 뒤죽박죽이었고, 바보 같은 말인 줄 알면서도 빠르게, 그건 태양 때문이었다고 했다. 장내에 웃음이 터졌다. 내 변호사는 어깨를 으쓱했고, 그 즉시 변호사에게 발언 기회가 주어졌다. 하지만 그는 시간이 늦었고, 변론에 시간이 많이 필요하니 오후로 연기해 줄 것을 요청했다. 재판부는 이에 동의했다.

오후가 되자, 대형 선풍기들이 법정의 탁한 공기를 계속 휘저어댔고, 배심원들의 형형색색의 작은 부채들은 하나같이 똑같은 방향으로 펄럭대고 있었다. 내 변호사의 변론은 영영 끝날 것 같지 않았다. 그런데도, 어느 순간, 변호사의 말이 내 귀에 들어왔던 것은, 그가 "제가 죽인 건 사실입니다." 라고 말했기 때문이었다. 이후 그는 그런 어투를 계속 사용하며, 나에 대해 이야기할 때마다 매번 '저는'이라고 했다. 난 몹시 놀랐다. 호송 경관 쪽으로 몸을 숙여 왜 그러는 건지 물었다. 경관은 잠자코 있으라고 하더니, 잠시 후, "변호사들은 다들 그렇게 해요."라고 한마디 했다. 나는 그것이 여전히 나를 사건에서 배제시키고, 나를 '제로'로 만들어버리며, 어떤 의미에서는 아예 나를 대체하는 것이라는 생각이 들었다. 하지만 이미 난 그 법정과는 한참 멀어져 있었다고 생각했다. 더군다나, 내 변호사는 내가 보기에도 한심했다. 변호사는 피해자가 도발했음을 간단히 주장했고, 그 다음에는 그 역시 나의 영혼에 대해 이야기했다. 그렇지만 검사보다는 소질이 훨씬 떨어져 보였다. 그는 말했다. "저 역시, 이 영혼을 들여다보았습니다만, 검찰의 고매하신 대변인님과는 반대로, 무언가를 찾아볼 수 있었고, 어렵지 않게 술술 이해할 수 있었다고 말씀드릴 수 있습니다." 그는 내가 신사이고, 회사에서는 성실하고 끈기 있고 한결같으며 모든 이들로부터 사랑받았고 타인의 불행을 동정할 줄 아는 직원임을 알 수 있었다고 했다. 그가 보기에, 나는 능력 닿는 데까지 최대한 오래 어머니를 봉양했던 모범적인 아들이었다. 결국 나는 나이 드신 어머께 내 능력으로는 마련해 드릴 수 없었던 안락한 환경을 양로원이 제공해 주기를 간절히 원했다는 것이다. 그리고 변호사는 덧붙였다. "제가 놀랐던 점은, 여러분, 이 양로원을 둘러싸고 왈가왈부 말들이 많았다는 것입니다. 왜냐하면, 이러한 시설들의 효용성과 중대성을 군이 증명해야 한다면, 이들 기관을 지원하는 것이 바로 국가라는 것을 분명히 이야기해야 할 것이기 때문입니다." 다만, 변호사는 장례식에 대해서는 아무 말도 하지 않았고, 내 느낌엔 그 점이 변론의 약점이었다. 하지만 그 길고 장황한 이야기 때문에, 내 영혼에 대해 이야기했던 며칠 내내, 그 오랜 시간 때문에, 내겐 모든 것이 무색의 물처럼 변해버린 느낌이었고, 나는 그 물 속에서 현기증을 느낄 지경이었다.

결국, 내 기억 속에 남아있는 것은 고작, 변호사가 이야기를 이어가는 동안, 거리의 아이스크림 장수의 트럼펫 소리가 여러 법정과 실내 공간들을 오롯이 관통하여 내게까지 들려왔다는 것뿐이다. 나는 이제는 내 것이 아니지만, 나의 가장 초라하고 가장 잊히지 않는 기쁨들을 발견해 냈던 삶의 추억들 속으로 빠져 들었다. 여름 냄새들, 내가 좋아하던 동네, 어느 저녁 나절의 하늘, 마리의 웃음과 원피스 같은 것들이었다. 그러자 그 곳에서 내가 하고 있던 쓸데없는 짓거리들이 죄다 목구멍으로 치밀어 올라왔고, 서둘러 하고 싶은 거라곤 얼른 끝내고 내 감방으로 돌아가 잠을 청하는 것뿐이었다. 변호사가, 마지막으로, 배심원단께서는 한순간의 잘못으로 분별력을 잃은 한 성실한 직원을 죽음으로 내몰고자 하지는 않을 것이며, 내가 이미 영원한 후회라는 가장 확실한 처벌을 면치 못하고 있는 범죄에 대해 정상참작을 요청한다는 외침이 겨우 귀에 들어왔다. 재판부는 휴정을 선언했고, 변호사는 기진맥진한 표정으로 자리에 앉았다. 그의 동료들은 그에게 다가와 악수를 했다. "대단해, 자네." 라는 소리가 들렸다. 그중 한 명은 내게까지 동의를 구하며 내게 말했다. "안 그래요?" 난 그렇다고는 했지만, 진심에서 나온 인사는 아니었다. 너무 피곤했기 때문이다.

그렇지만, 바깥은 어두워지기 시작했고 더위는 한층 수그러들었다. 거리에서 들려오는 몇 가지 소리들을 통해 나는 달콤한 저녁나절을 짐작할 수 있었다. 우리는 모두 법정에서 기다려야 했다. 우리가 함께 기다리고 있었던 것은 오직 나와 관련된 것이었다. 다시 한 번 실내를 둘러보았다. 모든 것이 첫날과 똑같은 상태였다. 회색 재킷의 기자와 로봇 여성과 시선이 마주쳤다. 그러자 재판 내내 내가 마리를 쳐다보지 않았다는 생각이 문득 들었다. 마리를 잊은 것은 아니었지만, 난 할 일이 너무 많았다. 셀레스트와 레이몽 사이에 앉아있는 마리가 보였다. 그녀가 작은 손짓을 해 보였는데, "드디어" 라고 말하는 것 같기도 했다. 다소 초조한 표정으로 웃고 있는 그녀의 얼굴이 보였다. 하지만 나는 마음이 닫혀 버린 느낌이었고, 그녀의 미소에 화답조차 할 수 없었다.

재판이 재개되었다. 신속하게, 배심원들에게 일련의 쟁점 사항들이 낭독되었다. '살인에 대해 유죄', '사전계획', '정상참작' 등의 말이 들렸다. 배심원들이 밖으로 나갔고, 나는 이전에도 와서 대기한 적이 있는 작은 방으로 끌려갔다. 내 변호사가 나를 보러 왔다. 그는 장황하게 말을 늘어놓았고, 더더욱 확신에 차서, 더 성의 있는 태도로 말했다. 전에는 보지 못했던 모습이었다. 그는 다 잘 될 것이고, 징역이나 노역 몇 년 정도 받을 것이라 생각하고 있었다. 나는 불리한 판결이 나올 경우, 파기할 기회가 있는지 물었다. 변호사는 없다고 했다. 변호사의 전략은 배심원단의 반감을 사지 않기 위해 결론을 유보하는 것이었다. 판결은 그렇게 아무 이유 없이 파기할 수 있는 게 아니라고 변호사가 설명해 주었다. 그건 내게도 명백해 보여서, 나는 승복했다. 냉정하게 따져보면, 너무도 당연했다. 그렇지 않을 경우, 쓸데없는 서류만 낭비될 터였다. 변호사가 말했다. "어쨌거나, 상고할 수는 있습니다. 하지만 좋은 결과가 있을 거라 확신합니다."

우리는 오랫동안 기다렸다. 거의 40분이 넘는 시간이었던 것 같다. 그렇게 시간이 흐른 후, 벨이 울렸다. 변호사가 방을 나가면서 말했다. "배심원 대표가 답변을 낭독할 겁니다. 당신은 판결문 선고 때나 되어야 들어올 수 있을 겁니다." 문 여닫는 소리가 여러 번 들렸다. 사람들이 계단을 뛰어 오르내리는 소리가 들렸지만, 계단이 먼지 가까운지는 알 수 없었다. 그러고 난 뒤 법정에서 무언가를 낭독하는 목소리가 희미하게 들려왔다. 벨이 다시 울리고, 피고인석의 문이 열렸을 때, 내게 밀려온 것은 법정의 침묵이었고, 젊은 기자가 내 시선을 피했음을 알게 되었을 때 받았던 특이한 느낌이었다. 나는 마리 쪽을 쳐다보지 않았다. 미처 그럴 시간이 없었다. 왜냐하면 재판장이 이상한 방식으로 말하기를, 내가 프랑스 국민의 이름으로 공공 광장에서 참수형을 당하게 될 것이라고 했기 때문이다. 그때, 나는 모든 사람들의 얼굴에서 읽어 낸 감정이 무엇인지 알 수 있을 것 같았다. 그건 분명 존경심이었다고 생각한다. 호송 경관들은 나를 아주 조심스럽게 대했다. 변호사가 한 손을 내 손목 위에 놓았다. 나는 더 이상 아무 생각도 나지 않았다. 그런데 재판장이 더 할 말은 없는지 내게 물었다. 나는 생각해 보았다. "없습니다."라고 했다. 내가 이끌려 나온 것은 바로 그때였다.

5

세 번째로, 형무소 부속신부의 방문을 거절했다. 그 사람한테 할 말이 전혀 없고, 말하고 싶지도 않았다. 곧 그 사람을 만나게 될 것이다. 지금 나의 관심사는, 기계적 절차를 피해가는 것, 피할 수 없는 것에도 과연 빠져나갈 구멍이 있을 수 있는지 알아보는 것이다. 내 감방이 바뀌었다. 여기서는 몸을 쭉 펴고 누우면, 하늘이 보이고 보이는 건 하늘뿐이다. 낮이 저녁으로 저물어갈 때 이지러지는 하늘의 낯빛을 바라보고 있으면 하루하루가 그냥 지나간다. 양손으로 목을 베고 드러누운 채, 나는 기다린다. 사형 집행 전에 사라져서 경찰 저지선을 뚫고 그 냉혹한 메커니즘을 빠져나간 사형수들의 사례가 과연 있었을까 몇 번이나 자문했는지 모른다. 그럴 때면 나는 사형집행 이야기들에 별로 관심을 갖지 않았던 나 스스로를 원망하곤 했다. 이런 문제들에 대해서는 늘 관심을 두어야 한다. 어떤 일이 닥칠지는 정말 알 수가 없다. 누구나 그런 것처럼, 나도 신문에 난 기사들을 읽은 적은 있다.

하지만 내가 호기심을 갖고 들춰본 적은 한 번도 없었던 전문 서적들도 분명 있었다. 그런 책에서는 아마 탈출 사형수의 이야기를 찾아볼 수 있었을지 모른다. 그랬다면 적어도 한 번은 도르래가 멈추는 경우가 있었고, 이런 불가항력의 사전 계획 속에서도, 우연과 행운이 단 한 번은 뭔가를 바꿔 버린 적이 있다는 것을 알 수 있었을지 모른다. 한 번! 어찌 보면, 내겐 그것으로도 충분했을 것이라고 생각한다. 나머지는 내 마음이 알아서 할 일이었다.

신문에서는 사회에 진 빚에 대해 자주 이야기하곤 했다. 그 신문에 따르면, 그 빚은 갚아야 했다. 하지만 그건 상상력을 무시하는 이야기이다. 중요한 것은, 탈출의 가능성, 냉혹한 의식(儀式) 밖으로의 도약, 모든 희망의 기회를 제공하는 미친 듯한 질주였다. 당연히, 희망이란 한창 달리다 길거리 한 모퉁이에서 날아오는 총알 한 방에 쓰러지는 것이었다. 하지만 곰곰이 생각해 보면, 내게 그런 사치가 허락될 여지는 전혀 없었고, 모든 정황상 내게는 금지된 것이었으며, 나는 그 기계적 절차에 다시 붙잡혀 버리곤 했다.

좋게 생각하려고 해도, 나는 거만하기 짝이 없는 그 불변의 상황을 받아들일 수 없었다. 왜냐하면 결국, 그 상황을 만들어낸 판결과, 판결문이 선고된 그 순간부터 착착 진행되어 가는 냉혹한 절차 사이에는, 말도 안 되는 불균형이 있었기 때문이었다. 판결문이 17시가 아닌 20시에 낭독되었다는 사실, 판결문이 전혀 다른 내용일 수도 있었다는 사실, 그 판결이 속옷을 갈아입는 인간들에 의해 내려졌다는 사실, 판결이 프랑스(아니면 독일이나 중국) 국민만큼이나 부정확한 개념을 내세웠다는 사실 등등 이 모든 것들이 그러한 결정이 갖는 신뢰성을 상당히 깎아먹는 것처럼 보였다.

그럼에도 불구하고, 나는 선고가 내려진 바로 그 순간부터 그 효과는 내 몸뚱이를 옥죄고 있던 이 벽의 존재만큼이나 확실하고 그만큼 중대하다는 것을 인정하지 않을 수 없었다.

그럴 때면 엄마가 아버지에 대해 들려주었던 이야기 하나가 떠올랐다. 나는 아버지를 본 적이 없었다. 내가 그 사람에 대해 정확하게 알고 있던 바는 모두 엄마가 당시에 내게 말해 준 것뿐이었다. 아버지는 어떤 살인범의 사형 집행을 구경 갔었다고 한다. 그는 거기 간다는 생각만으로도 영 언짢아했다.

그래도 보러 갔고, 돌아와서는 오전에 한동안 구역질을 했다고 했다. 그 이야기를 들을 때는 아버지가 조금 싫었다. 그런데 이제는 이해가 갔다. 너무 당연한 일이었다. 사형보다 더 중요한 일은 세상에 없다는 것을, 요컨대, 사형이야말로 한 인간에게 있어 진정으로 흥미로운 유일한 사건임을 어째서 알지 못했던 걸까! 만약 언젠가 이 감방을 나가게 된다면, 사형 집행은 모조리 다 보러 갈 참이다. 그런 가능성을 생각한 것 자체가 잘못이라고 생각한다. 왜냐하면 어느 이른 아침, 경찰 저지선 뒤쪽에, 그러니까 저지선 저 바깥쪽에 서 있는 자유로운 내 모습을 상상하기만 해도, 사형 집행을 보러 왔다 나중에는 속을 게울지도 모르는 구경꾼으로서의 나를 생각만 해도, 독약 같은 기쁨이 밀물처럼 가슴으로 밀려들었기 때문이다.

하지만 그런 생각은 합리적이지 못했다. 그런 가정을 할 때까지 나를 내버려두는 건 잘못이었다. 조금만 지나면, 나는 지독한 한기를 느끼며 담요를 뒤집어쓰고 웅크려 있었기 때문이다. 나는 이가 덜덜 떨렸지만 어찌 해 볼 수가 없었다.

하지만, 항상 합리적일 수만은 없는 게 당연하다. 예를 들면,

다른 때는 법안을 만들어 보기도 했다. 형벌 제도를 손보는 것이었다. 중요한 것은 사형수에게 한 번의 기회를 주는 것이라는 데 주목했다. 천 번 중 단 한 번, 그것만으로도 많은 것들을 충분히 바로잡을 수 있었다. 그렇게 생각하니, 환자(나는 '환자'라고 생각했다)가 흡입하면 열 번 중 아홉 번 죽을 수 있는 화합물을 찾아낼 수 있을 것 같았다. 사형수가 그 사실을 알고 있다는 것이 조건이었다. 상황을 냉철하게 고려해 보면, 단두대 칼날의 약점이란 바로 단 한 번의 기회도 없다는 것, 하늘이 무너져도 없다는 것을 인정할 수밖에 없었기 때문이다. 요컨대, 환자의 죽음은 단 한 번 만에 결정되어 버리는 것이었다. 그건 이미 정해진 일이었고, 너무도 확고부동한 조합이었으며, 재고의 여지없는 합의 사항이었다. 만에 하나 칼날이 빗나가면, 다시 하면 되는 것이었다. 사정이 그러하니, 서글픈 건, 사형수는 기계가 제대로 작동하기만을 빌어야 한다는 것이었다. 내 말은 그것이 바로 단두대의 약점이라는 것이다. 어찌 보면, 맞는 말이다. 하지만 달리 보면, 훌륭한 조직의 비밀은 모두 거기에 있다는 것을 인정하지 않을 수 없었다. 요컨대, 사형수는 정신적으로 동조할 수밖에 없는 것이었다. 모든 게 탈 없이 작동하는 것이 그에게는 이득인 셈이었다.

나는 지금껏 이런 문제들에 대해 옳지 못한 생각을 하고 있었다는 점 역시 인정했다. 나는 단두대로 가려면, 처형대 위로 올라가야 하고, 계단을 올라가야 된다고 오랫동안 ─ 이유는 나도 모른다. ─ 생각하고 있었다. 1789년 대혁명 때문인 것 같고, 이런 문제들에 대해 내가 배운 모든 것 혹은 남들이 보여준 바들 때문이라는 말이다. 그런데 어느 날 아침, 장안을 떠들썩하게 했던 사형집행 당시 신문에 보도된 사진 한 장이 떠올랐다. 단두대는 실제로는, 더할 나위 없이 단순하게 그냥 땅바닥에 놓여 있을 뿐이었다. 그 폭도 내가 생각했던 것보다 훨씬 좁았다. 좀 더 일찍 알아보지 못한 것이 꽤나 이상할 정도였다. 사진 속 기계가 보여준 그 완벽하고 눈부신 정밀 장치다운 외형은 아주 인상적이었다. 사람들은 잘 모르는 것에 대해서는 늘 과장해서 생각하는 법이다. 반면, 나는 모든 것은 단순하다는 것을 인정해야만 했다. 즉 그 기계는 자기를 향해 걸어오는 사람과 똑같이 땅바닥에 서 있었다. 걸어가서 누군가를 만나듯이 그 기계와 조우하는 것이었다. 그 역시 서글펐다. 처형대 위로 올라가기, 하늘로 떠오르기라면 웬만큼 상상력을 발휘할 수도 있었다. 그런데 여기서도 기계적 절차가 모든 것을 뭉개버렸다. 사형수는 약간의 수치심과 상당한 정밀함으로 은근슬쩍 죽임을 당하는 것이다.

또 내 머릿속을 떠나지 않던 생각이 두 가지 있었다. 바로 새벽과 내 상고였다. 그럼에도 불구하고 나는 이성적으로 생각해서, 더는 그 생각을 하지 않으려 애를 썼다. 드러누워 하늘을 쳐다보며 거기에 관심을 집중하려고 노력했다. 하늘이 녹색으로 변하고 있었고, 저녁이었다. 나는 여전히 내 생각의 흐름을 바꾸어 보려고 애쓰고 있었다. 내 심장 박동소리에 귀를 기울었다. 그렇게 오랫동안 나와 함께 해 온 그 소리가 영영 멈춰 버릴 수 있다고는 상상이 되지 않았다. 나는 진정한 상상력을 가져본 적이 한 번도 없었다. 그래도 그 심장 뛰는 소리가 더는 계속되지 않을 어떤 순간을 머릿속에 그려보려고 애썼다. 하지만 허사였다. 새벽 혹은 상고 생각은 사라지지 않았다. 난 결국 가장 이성적인 자세는 억지를 부리지 않는 것이라는 생각에 이르렀다.

그들이 오는 시간은 새벽이었고, 난 그것을 알고 있었다. 나는 그 새벽을 기다리며 수많은 밤들을 지새웠다. 모르고 있다가 느닷없이 당하는 건 결코 원치 않았다. 내게 무슨 일이 닥친다면, 난 그 자리에 그냥 있는 게 좋다. 그런 이유로, 나는 급기야 낮에만 잠시 눈을 붙이고, 밤이면 천장 창에 햇빛이 스며들 때까지 밤새 꾹 참고 기다렸다. 가장 힘들었던 시간은, 내가 그들의 평소 일과 시작 시간으로 알고 있는 그 애매한 시간이었다.

자정이 지나면, 난 숨죽여 기다리며 망을 보았다. 내 귀가 그렇게 미세한 소리들을 낱낱이 구별하고, 그렇게 많은 소리들을 감지해 본 적은 한 번도 없었다. 어찌 보면, 그 시간 동안은 난 운이 좋았다고 할 수 있다. 발자국 소리를 한 번도 듣지 못했기 때문이다. 사람이 불행하기만 한 경우는 없다고 엄마는 자주 말했다. 감방 안에서, 하늘이 밝아오고 새로운 하루가 내 감방 안으로 새어 들어올 때면 난 그 말을 수긍하곤 했다. 왜냐하면, 발자국 소리가 들릴 수도 있었고 그래서 내 심장이 터져버릴 수도 있었기 때문이다. 바스락 소리만 들려도 문으로 달려가 문에 귀를 대고 미친 듯 기다렸지만, 결국 들리는 건 내 자신의 숨소리였고, 그 거친 숨소리가 헐떡거리는 개와 영락없이 닮았다는 생각에 당황하기도 했지만, 그래도 내 심장이 터지는 일은 없었고 난 또다시 스물 네 시간을 벌게 되었다.

낮 동안에는 내내 상고 생각만 했다. 그 생각을 통해 난 최선의 해결책을 이끌어냈다고 생각한다. 난 내가 얻을 효력을 계산했고, 열심히 생각하고 나면, 최고의 효과가 있었다. 나는 늘 최악을 가정했다. 즉 내 상고가 기각되는 가정. "좋아, 그럼 죽는 거군." 다른 사람들보다 일찍 죽는 건 확실했다.

하지만 인생이 살만한 가치가 없다는 건 누구나 알고 있다. 기본적으로 나는, 서른 살에 죽든 예순 살에 죽든 다를 바가 없다는 것을 모르지 않았다. 왜냐하면, 서른이든 예순이든 당연히 다른 남자들, 다른 여자들은 계속 살아갈 것이고 그건 앞으로도 영원할 것이기 때문이다. 요컨대, 그것보다 더 자명한 건 없었다. 지금 당장이든 이십 년 후든, 죽을 사람이 나라는 건 변함이 없었다. 그 순간, 나의 추론에서 나를 다소 불편하게 했던 것은 앞으로 살아갈 이십 년 세월을 떠올렸을 때 내 속에서 치솟아 오르던 그 가눌 길 없는 흥분이었다.

하지만 이십 년 후 어쨌든 그 상황이 되었을 때 내 생각이 어떠할 지를 상상하며 억누를 수밖에 없었다. 죽은 이상, 어떻게 죽든, 언제 죽든 그건 하나도 중요하지 않다. 그건 분명했다. 그래서 (그리고 어려운 점은 이 '그래서'가 추론에서 무엇을 의미하는지를 하나도 놓치지 않는 것이었다), 나는 내 상고 기각을 수용해야만 했다.

그 순간, 오직 그 순간에만, 나는 말하자면 권리를, 어떻게 보면 두 번째 가정에 접근할 수 있는 권리를 갖게 되었다. 사면이라는 가정이었다. 곤란했던 점은, 폭발할 듯 흥분한 내 피와 몸뚱이를 진정시켜야 한다는 것이었다. 터질 듯한 기쁨으로 두 눈이 따끔거릴 정도였기 때문이다. 마음속의 함성 소리를 죽이고, 이성적으로 생각하려고 애써 노력해야 했다. 이 두 번째 가정에서도 나는 자연스러워야 했는데, 그래야만 첫 번째 가정을 포기한 것이 좀 더 납득이 가기 때문이었다. 자연스러움에 성공하면, 한 시간 동안은 평온했다. 그나마도 대단한 것이었다.

내가 부속 신부의 방문을 한 번 더 거절한 것은 바로 그런 시간이었다. 어느 날, 누워있던 나는 황금빛으로 물드는 하늘을 보고 여름밤이 다가오고 있음을 느끼고 있었다. 내 상고가 막 기각된 참이었고, 내 속에서 피가 파도처럼 일정하게 돌고 있다는 걸 느낄 수 있었다. 부속 신부를 만날 필요가 없었다. 아주 오랜만에 처음으로 마리 생각이 났다. 그녀의 편지가 끊긴 지도 오래 되었다. 그날 저녁, 곰곰이 생각해 보니 그녀도 사형수의 정부 노릇하기에 지쳤을 거라는 생각이 들었다. 아프거나 죽었을지 모른다는 생각도 들었다. 당연히 그럴 수 있다. 내가 어떻게 알 수 있겠는가? 이렇게 떨어져있는 우리 둘의 몸을 제외하고는 우리를 이어주고, 서로를 기억하게 하는 것이 하나도 없는데. 더군다나 그때부터 나는 마리에 대한 기억에 무관심해졌다. 죽었다면, 더 이상 관심 가질 일이 없었다. 내가 죽고 나면 사람들이 나를 잊어버린다는 것을 잘 알고 있었기 때문에, 난 그게 당연하다고 생각했다. 사람들은 나와 더 이상 아무런 상관이 없었다. 생각하면 괴로웠다고 말할 수도 없었다.

부속 신부가 들어온 것은 정확하게 바로 그 순간이다. 그를 보고, 난 약간 움찔했다. 그걸 알아차린 신부가 무서워하지 말라고 했다. 나는 보통 신부는 다른 시간에 온다고 말했다. 신부는 내 상고와는 전혀 무관하고 자기는 상고에 대해 아는 바도 없으며, 순전히 개인적 호의에 따른 방문이라고 대답했다. 그는 내 간이 침대에 앉더니 가까이 와서 앉으라고 했다. 난 거절했다. 그래도 인상은 아주 따뜻한 사람이라는 걸 알 수 있었다.

그는 팔뚝을 무릎에 올리고 고개를 숙인 채 자기 두 손을 내려다보며 잠시 그대로 앉아있었다. 가늘고 근육이 발달한 그의 두 손은 민첩한 두 마리의 짐승을 연상시켰다. 신부는 두 손을 천천히 마주 비볐다. 그리곤 고개를 숙인 채 계속 그렇게 있었다. 너무 긴 시간이라 난 순간적으로 그가 거기 있다는 걸 잊어버린 것 같은 느낌이었다.

그런데 그가 갑자기 고개를 들더니 나를 정면으로 쳐다보며 말했다. "왜, 제 방문을 거절하시는지요?" 나는 신을 믿지 않는다고 대답했다. 신부는 그걸 확신하는지 알고 싶다고 했고, 난 다시 생각할 필요가 없다고 했다. 그건 내가 보기에 중요하지 않은 문제였다. 그러자 신부는 몸을 뒤로 젖혀 벽에 몸을 기대고는 양손을 허벅지 위에 쭉 폈다. 그는 내게 말하는 것 같지도 않게, 사람들이 이따금 자기 확신을 하지만 사실은 그렇지 않다고 지적했다. 나는 아무 말도 하지 않았다. 그는 나를 쳐다보고 나서 물었다. "어떻게 생각하는지요?" 나는 그럴 수도 있다고 대답했다. 어쨌든 나는 실제로 내가 무엇에 관심이 있는지는 확신할 수 없을지라도, 내가 관심 없는 것에 대해서는 백 프로 확신할 수 있었다. 그리고 그가 하는 말은 분명히 내 관심 밖이었다.

그는 자세는 바꾸지 않은 채 시선을 딴 데로 돌리고는, 내가 너무 절망한 나머지 그런 말을 하는 건 아닌지 물었다. 나는 절망하지 않았다고 분명히 말해 주었다. 그저 두려울 뿐이고, 그건 아주 당연한 일이었다. 그가 말했다. "그렇다면 하나님께서 당신을 도와주실 겁니다. 당신과 같은 처지에 있는 사람들을 내가 만났을 때 그들은 모두 하나님께 돌아갔답니다." 나는 그건 그 사람들의 권리라고 했다. 그리고 그건 그들에게 그럴만한 시간이 있었다는 걸 증명하는 것이었다. 하지만 나는 사람들의 도움을 바라지 않았고, 관심 없는 것에 관심을 가질만한 시간도 없었다.

그 순간, 신부의 두 손이 뭔가 짜증스러운 시늉을 했다. 하지만 그는 자세를 바로하고 신부복의 주름을 가지런히 정리했다. 그러고 나서는 나를 '친구'라고 부르며 말을 걸었다. 그가 그런 식으로 이야기하는 건 내가 사형수라서가 아니라고 했다. 그의 생각에 따르면, 우리는 모두 사형수였다. 나는 그의 말을 자르고, 그건 경우가 다르고, 따라서 어떤 경우에도 위로가 되지 않는다고 말했다. "물론 그렇지요." 그가 인정했다. "하지만 당신은 오늘 죽지 않아도 나중에는 죽는답니다. 그때가 되면 똑같은 질문을 받을 겁니다. 당신은 이 참혹한 시련에 어떻게 다가가실 건가요?" 나는 지금의 이 방식 그대로 나중에도 그렇게 하리라고 대답했다.

나의 대답에 그는 자리에서 일어나 내 눈을 똑바로 들여다보았다. 그건 내가 익히 알고 있던 놀이이다. 엠마뉘엘이나 셀레스트와 자주 했던 놀이이고, 대개는 그들이 먼저 눈을 돌려 버렸다. 그의 시선이 전혀 움직이지 않는 것을 보고 신부도 그 놀이를 잘 알고 있다는 것을 금세 눈치 챌 수 있었다. 그는 목소리도 떨지 않고 말했다. "그럼 당신은 희망이라곤 하나 없이, 당신의 모든 것이 고스란히 다 죽게 될 거라 생각하며 살고 있습니까?" 나는 "네."라고 대답했다.

그러자, 신부는 고개를 숙이고 다시 자리에 앉았다. 그는 내가 불쌍하다고 했다. 그는 그건 인간이라면 절대 견딜 수 없는 것이라고 생각했다. 나는 그저 신부가 지겨워지기 시작한다는 느낌뿐이었다. 이번에는 내가 돌아서서 천장 창 아래로 갔다. 나는 벽에 어깨를 기댔다. 무슨 말을 하는지 일일이 알 수는 없었지만, 그가 다시 뭔가 물어보는 소리가 들렸다. 그의 목소리는 근심이 가득했고 절박했다. 그가 흥분 상태라는 걸 알 수 있었고, 그의 말에 더 귀를 기울였다.

그는 내 상고가 받아들여질 것으로 확신하지만, 내가 지고 있는 죄악의 짐은 벗어야 한다고 했다. 그에 따르면, 인간의 정의는 아무 것도 아니며, 하나님의 정의가 전부라고 했다. 나는 내게 사형선고를 내린 건 전자라고 말했다. 신부는 그렇다고 해서 그것이 내 죄를 씻어 준 것은 아니라고 대답했다. 나는 죄라는 것이 무엇인지 모른다고 했다. 그냥 내가 죄인이라는 걸 사람들이 가르쳐 주었을 뿐이었다. 나는 죄인이었고, 죗값을 치르는 중이었고, 그 이상은 내게 아무것도 요구할 수 없었다. 바로 그때, 신부가 다시 일어서길래 난 그 좁은 감방 안에서는 그가 몸을 움직이고 싶어도 선택의 여지가 없다고 생각했다. 앉거나 서거나 둘 중 하나였다.

　　나는 땅바닥만 뚫어져라 쳐다보고 있었다. 그가 내 쪽으로 한 발 다가서고는 뚝 멈춰 섰다. 감히 더 오지는 못하겠다는 듯했다. 그는 창살을 통해 하늘을 바라보았다. "아드님, 당신은 착각을 하고 있습니다. 당신에게 그 이상을 요구할 수 있을 겁니다. 아마 요구할 겁니다." "뭘요?" "당신에게 보라고 요구할 수 있습니다." "뭘 보라는 거죠?"

　　신부는 주변을 쭉 둘러보고는 갑자기 몹시 지친 듯한 목소리로 대답했다. "이 돌들은 모두 고통의 땀을 흘리고 있고, 난 그걸 알고 있습니다. 난 저들을 바라볼 때마다 늘 번민에 휩싸였지요. 하지만 난 진정 알고 있습니다. 당신들 중 가장 비참한 이들이 저 어두침침한 돌 속에서 신의 얼굴이 드러나는 걸 목격했음을 말입니다. 당신에게 보라고 하는 것이 바로 그 얼굴입니다."

　　난 잠자코 있기가 좀 힘들었다. 내가 이 벽을 쳐다보며 지낸 지가 벌써 몇 달째라고 말했다. 내가 세상에서 그 벽 말고 더 잘 아는 것은 그 어떤 것도, 그 누구도 없었다. 어쩌면, 아주 오래전에, 난 거기서 얼굴 하나를 찾아내려고 했던 것 같다.

하지만 그 얼굴에는 태양의 색깔과 욕망의 불꽃이 있었다. 그건 바로 마리의 얼굴이었다. 찾으려 했지만 허사였다. 이제 다 끝난 일이었다. 그리고 어떤 경우에도, 땀 흘리는 돌 속에서 뭔가 나타나는 것을 본 적은 한 번도 없었다.

신부는 슬프다는 듯 나를 바라보았다. 나는 이제 벽에 완전히 기대서 있었고, 햇볕이 이마 위로 비쳐들고 있었다. 신부는 알아듣지 못할 말을 몇 마디 하고 나서는 나를 안아 봐도 되겠냐고 급하게 내게 물었다. "아니요." 내가 대답했다.

그는 뒤돌아서 벽 쪽으로 걸어가더니 한 손으로 벽을 천천히 쓰다듬었다. "이 지상을 그렇게나 사랑한다는 겁니까?" 그가 중얼거리듯 물었다. 나는 아무 대답도 하지 않았다.

그는 등을 돌린 채 꽤 오랫동안 그냥 있었다. 그의 존재가 부담스럽고 짜증이 났다. 이제 좀 나가달라고, 나를 그냥 내버려달라고 말하려는 순간, 그가 갑자기 나를 돌아보며 마치 폭발하듯 소리쳤다. "아니, 당신을 믿을 수 없습니다. 당신도 또 다른 생을 염원한 적이 있을 거라고 난 확신합니다." 난 당연하다고 대답했다. 하지만 그건 부자로 살고 싶다거나 아주 빨리 헤엄을 치고 싶다거나 혹은 남보다 입술이 좀 더 예뻤으면 하는 것보다 더 중요할 것도 없다고 했다. 다 똑같은 수준이었다.

하지만 그는 내 말을 가로막더니 그 또 다른 생이라는 것을 내가 어떻게 생각하는지 알고 싶다고 했다. 그때, 나는 소리쳤다. "내가 지금의 인생을 돌아볼 수 있는 그런 생." 그리고는 바로 이제 그만하라고 했다. 그는 하나님에 대해 계속 이야기하려 했지만 난 그에게 다가가 내겐 남은 시간이 없다고 마지막으로 알려주려고 했다. 그 시간을 하나님 때문에 잃고 싶지는 않았다. 신부는 화제를 돌려볼 요량으로 왜 자기를 '아버지'라고 부르지 않고 '무슈'(Mr.에 해당하는 표현)라고 부르는지 물었다. 그 말에 화가 난 나는 내 아버지가 아니고, 그도 다른 사람들과 한 편이라고 대답했다.

"아닙니다, 아드님." 그가 한 손을 내 어깨에 얹으며 말했다. "저는 당신과 함께 합니다. 그런데 마음의 눈이 먼 당신은 그걸 모르는 것이지요. 당신을 위해 기도 드리겠습니다."

그때, 무엇 때문인지는 모르겠지만, 내 안에서 뭔가 툭 터져 버렸다. 나는 목이 터져라 소리를 지르기 시작했고 신부에게 욕을 퍼붓고는 기도하지 말라고 했다. 나는 신부 수단의 깃을 움켜쥐었다. 환희와 분노가 한데 섞여 치밀어 오름과 동시에, 나는 마음 속 깊은 곳에 있는 것들을 모조리 신부에게 쏟아냈다. 당신은 너무나도 확신에 찬 모습이다, 안 그런가? 그렇지만, 당신의 그 어떤 확신도 여인의 머리카락 한 올만큼의 가치도 없다. 당신은 송장처럼 살아가고 있기에 살아있다는 것조차 확신하지 못하고 있다. 내 두 손에는 아무것도 없는 것 같지만 난 내 자신에 대한 확신이 있고, 모든 것에 대한 확신이, 신부보다 더 확신이 있으며, 내 삶과 다가올 내 죽음에 대한 확신이 있다. 그래, 난 그것밖에 없다.

하지만 적어도 그 진실이 나를 지탱해 주는 한 나도 그 진실을 놓지 않고 있다. 나는 옳았고, 지금도 옳고, 언제나 옳다. 난 그렇게 살았고, 다르게 살 수도 있었다. 이건 했고, 저건 하지 않았다. 그런 일은 하지 않았지만, 다른 일은 했다. 그래서? 그건 마치 내가 시종

일관 무죄가 증명될 그 순간과 그 새벽을 기다리고 있었던 것과 같다. 그 무엇도, 그 어떤 것도 중요하지 않았고, 난 그 이유를 잘 알고 있다. 당신 역시 이유를 알고 있다. 저 아득한 내 미래로부터, 내가 살아왔던 그 부조리한 인생 내내 어두운 바람이, 아직 오지 않은 세월을 거쳐 내게로 불어오고 있었고, 그 바람이 불고 지나가면 내가 살았던 세월, 오지 않은 세월보다 더 현실적이지도 않은 그 세월 동안 내게 주어졌던 모든 것들이 다 똑같은 가치로 변해버린다. 남들의 죽음이, 어머니의 사랑이 도대체 내게 왜 중요하고, 그의 하나님이, 사람들이 선택하는 인생이, 사람들이 고른 운명이 나에게 뭐가 그리 중요한가? 분명 단 하나의 운명이 나 자신을 선택했고, 또 나를 포함해서, 당신처럼 자칭 내 형제라고 하는 무수히 많은 사람들도 그런 특권을 누렸기 때문이다. 당신이 그걸 알고나 있나, 알고나 있냐고? 누구나 그런 특권이 있다. 그런 특권자들밖에 없다.

다른 사람들도, 그들도 언젠가는 사형 선고를 받을 것이다. 당신도 사형 선고를 받을 것이다. 살인죄 피고인이 어머니 장례식에서 눈물을 흘리지 않았다는 이유로 사형을 당해도 그게 뭐가 그리 중요한가? 살라마노의 개나 그의 부인은 똑같이 중요하다. 키 작은 로봇 여인은 마송이랑 결혼한 파리 여자나 나와 결혼하고 싶어했던 마리와 똑같은 죄인이다. 셀레스트가 레이몽보다 낫긴 하지만, 셀레스트 만큼이나 레이몽이 내 친구였다는 것이 도대체 왜 중요한가? 오늘 마리가 새로운 뫼르소에게 자기 입술을 내준다고 해서 그게 어쨌다는 건가? 도대체 당신이 알기나 하냐고, 이 사형수를? 저 아득한 내 미래에서… 이 모두를 울부짖듯 토해놓은 나는 숨이 막혀왔다. 하지만, 이미 경관들이 내 두 손을 신부에게서 잡아떼어 놓고 나를 위협했다. 그런데 신부는 경관들을 만류하고는 잠시 말없이 나를 바라보았다. 그의 두 눈에 눈물이 가득했다. 그는 뒤돌아서 나가 버렸다.

그가 떠난 뒤, 나는 평온을 되찾았다. 손가락 하나 까딱할 힘도 없이 침대 위에 털썩 쓰러졌다. 눈을 뜨고 보니 얼굴 위로 별들이 보였던 걸로 보아, 잠이 들었던 것 같다. 시골 동네의 소리들이 나한테까지 올라오고 있었다. 밤의 냄새, 흙냄새, 소금 냄새가 내 관자놀이를 서늘하게 식혀 주고 있었다. 그 잠든 여름의 경이로운 평화가 밀물처럼 내 속으로 밀려들어왔다.

바로 그때, 밤이 막 시작되는 그 시각, 뱃고동 소리가 울렸다. 그 소리는 이제는 내게 영원히 무관심한 세상으로의 출발을 알리고 있었다. 아주 오랜만에 엄마 생각을 했다. 엄마가 인생의 막바지에 왜 '약혼자'를 만들었는지, 왜 다시 시작해 볼 마음을 먹었는지 이해가 될 것 같았다. 그곳, 수많은 삶이 저물어가는 그 양로원 주변의 저녁은 쓸쓸한 휴식 같은 것이었다. 죽음을 목전에 두고서야 엄마는 분명 해방감을 느꼈고, 모든 걸 다시 시작해 볼 준비가 되었음을 느꼈다. 아무도, 그 누구도 엄마에 대해 눈물을 흘릴 자격은 없었다. 나 역시, 모든 것을 다시 살아 볼 준비가 되었음을 느꼈다. 마치 그 커다란 분노가 내게서 불행을 걷어가고 희망을 비워버린 것처럼, 신호와 별이 가득한 이 밤을 앞에 두고 나는 세계의 다정한 무관심에 처음으로 마음을 열고 있었다. 세상이 그만큼 나와 비슷하고, 급기야 형제 같다는 걸 깨닫자, 난 과거에도 행복했고, 여전히 행복하다고 느꼈다. 모든 것이 마무리되게 하기 위해, 내가 완전히 혼자가 아니라는 걸 느끼기 위해 내가 할 수 있는 건 사형 집행일에 많은 구

경꾼들이 몰려와 증오의 함성으로 나를 맞아 주기를 바라는 것뿐
이다.

삶에 대한 절망 없이는 삶에 대한 사랑도 없다

박언주(옮긴이)

가난과 태양의 시절

알베르 카뮈는 1913년 알제리의 몬도비라는 작은 도시에서 태어났다. 1차 대전의 프랑스 마른 전투에서 전사한 카뮈의 아버지는 가족들에게 몇 푼 안 되는 유공자 종신연금만을 남겼다. 그런 아버지는 카뮈에게 평생에 걸쳐 어떤 결핍으로 남았으며 이는 카뮈의 유고작 『최초의 인간Le premier homme』에서 펼쳐지는 기나긴 아버지 찾기의 동기로 작용하기도 했다.

카뮈의 어머니는 귀가 거의 들리지 않고 말도 없으며 글을 모르는 여성이었다. 어머니는 늘 약간은 겁에 질린 듯한 모습으로 아들에게도 소리 없는 미소만 지었다. 어릴 때부터 엄마와의 평범한 언어 소통이 힘들었던 카뮈는 이후 이를 침묵과 언어의 관계를 통해 문학의 차원으로 치환하게 된다. 대표적으로 『이방인L'Étranger』에서 뫼르소의 운명에 결정적 동기로 작용하는 어머니는 '아무 말 없이 나를 쭉 지켜보기만 하면서 시간을 보내는' 분이었다. 소설 속 뫼르소는 엄마의 장례식에서 눈물을 흘리지 않는 아들이었지만, 삶의 순간순간 엄마를 기억하고, 그녀의 소박한 삶의 지혜를 떠올리며 삶의 마지막 순간에도 죽음을 목전에 두었던 엄마에게 공감한다.

아버지를 잃은 후 빈민가 한복판으로 이사한 가족의 삶은 비참하다고는 할 수 없지만 '가난과 더불어 살아가는' 삶인 것은 분명했다. 하지만 이러한 환경이 카뮈에게 부끄러운 질곡이 된 적은 없다. "장애는 편견과 어리석음"이라 말하는 그에게 가난은 불행이 아니었고, 뜨거운 햇빛이 뿌려 주는 부(富)는 그에게 "역사가 전부가 아니라는 것" 역시 알게 해 주었다. 덕분에 빈곤은 그에게 변함없는 끈기를 가르쳐 주었고 카뮈는 빈곤과 동시에 즐거움 속에서 살 수 있었다.

"나는 먼지 자욱한 거리와 지저분한 해변에서 자랐다. 우리는 바다 수영을 하곤 했는데, 조금만 멀리 나가면 바다는 맑고 투명했다. 우리 집은 형편이 어려웠고, 나의 내면은 대부분 행복했다."

강렬한 생명력이라는 최고의 혜택을 듬뿍 담은 바다를 통해 어린 혹은 젊은 시절 카뮈는 이미 감각으로 전해오는 삶의 확실성과 삶의 규칙들을 발견했을 것이다. 그러했기에 가난하고 글도 모르는 가족들이었지만 "그 침묵과 겸허함과 타고난 소박한 자부심"은 카뮈에게 최고의 가르침을 줄 수 있었다. 카뮈가 훗날 '작품이란 처음으로 마음을 열게 해 주었던 두세 개의 단순하고도 위대한 이미지들을 예술이라는 우회를 통해 다시 발견해나가는 기나긴 여정'이라고 했던 고백은 이러한 유년기의 기억과 무관치 않을 것이다.

1923년 카뮈는 인근의 공립 초등학교에 입학한다. 그곳에서 루이 제르맹Louis Germain 선생님을 만나게 된다. 선생님은 탐탁지 않아 하는 카뮈의 할머니를 거듭 설득해가며 카뮈의 중고등학교 진학을 위한 장학금 제도를 알아봐 주고 무료 과외수업까지 자처한다.

가난한 이들과 함께했던 따뜻하고 순진무구한 카뮈의 유년기는 장학생으로 입학한 중고등학교 시절과 함께 끝이 난다. 가난을 공기처럼 여기며 살아왔던 그에게 중학교는 다른 것이 있다는 것과 그것과의 비교를 경험하게 한다. 아랍인은 거의 없고, 프랑스 본토에서 온 군인이나 공무원 자제들이 다수인 그곳이 이전의 모든 것과의 단절을 의미하는 것은 아니었지만, 그가 읽은 책이 늘어날수록 가족과는 조금씩 멀어진 것이 사실이다.

그는 학교 축구팀에 합류하여 스포츠 속에서 자신의 왕국을 경험한다. 축구는 지중해 바다나 태양과 더불어 카뮈에게 삶을 관념이 아닌 감각과 직관으로써 맞이하는 경험을 제공해 주었기 때문에 그에게 있어 삶 그 자체이기도 했다. 하지만 다른 한편으로 카뮈는 무엇보다 언어의 섬세한 면면을 제대로 느끼기 시작하면서 다른 어떤 것보다 문학에 매력을 느끼기 시작한다.

1930년 바칼로레아 시험 1차에 합격하여 가을에 철학반으로 진급한다. 이는 스승 장 그르니에Jean Grenier의 영향이 컸다. 하지만 그해 12월, 만 17세의 그는 첫 번째 결핵의 공격을 받는다. 당시로서는, 특히 가난한 동네에서는 치명적인 병이었다. 카뮈는 죽음이 엄습하는 소리를 듣고 느낀다. 그는 당장 학업과 축구를 중단해야 했다. 하지만 그에게 일어난 가장 큰 변화는 자신의 죽음을 목도했다는 정신적이고 철학적인 깨달음이었을 것이다. 병은 그의 감수성을 더욱 예민하게 만들었지만 한편으로는 다시 살고 싶다는 열망을 안고 태양과 공부에 더욱 매달리게 한다. 즉 그는 죽음에 대한 생각을 재빨리 삶의 교훈으로 전환했다.

퇴원 후 요양을 위해 그는 이모 댁에 머물렀다. 고급 정육점 사장이었던 이모와 이모부는 카뮈의 친척 중에서는 드물게 글을 읽을 줄 알았던 분들이다. 특히 독서광이었던 이모부의 서재는 발자크, 위고, 졸라, 지드, 폴 발레리 전집으로 가득했다. 이모부는 조카와 기꺼이 문학과 정치 이야기를 나누었다. 그는 아버지라는 것이 어떤 것인지 약간은 생각하게 해 준 유일한 분이 바로 이모부였다고 회상한다.

연극인 그리고 기자 카뮈

1936년 카뮈는 가난한 극단 하나를 조직한다. 야외나 동네 허름한 댄스홀에서의 공연도 불사하였지만 무대에 올리는 작품만큼은 오락물이 아닌 앙드레 말로에서부터 도스토예프스키, 고대 그리스의 아이스킬로스에 이르는 예술 연극들이었다. 연극 무대는 소설가라는 고독한 작업과 달리 동료애와 상호 의존감, 연대 의식을 느낄 수 있는 곳이자 세상으로 다가갈 수 있는 통로가 되었다. 세상이라는 무대에서 연기하는 엉터리 배우들 즉 사회에서 만나는 가면 쓴 사람들의 공간보다 오히려 연극 무대가 어떤 '진실의 장소'라는 믿음이 시작되는 지점이었다.

자기가 행복을 느끼는 장소 중 하나가 연극무대라고 자신 있게 말하는 카뮈는 작가이자 배우였고, 연출자이자 극단 단장이었으며 시나리오 작가였고 연극 소품에 프롬프터까지 담당하는 진짜 연극인이었다.

"연극에서, 작업의 결실은 단 것이든, 쓴 것이든 오래전부터 미리 알고 있는 예정된 어느 날 저녁, 하루하루의 작업을 통해 한발 한발 다가가는 그날 저녁에 거두어 들이도록 되어있습니다.(…) 공연은 지나가면 없어지는 것이며, 그것이 어느 날에는 죽어 없어진다는 바로 그 사실 때문에 그 작업을 하는 사람들에게는 더욱더 사랑스러운 것이라는 차이를 지적해야 할 테지요."

- 〈나는 왜 연극을 하는가〉

『전락La Chute』의 주인공 클라망스도 이렇게 말한다. "지금도 일요일에 미어터질 듯한 경기장에서 펼쳐지는 축구 경기와 비교 불가의 열정으로 좋아했던 연극은 나 스스로가 정직하다고 느끼는 유일한 장소이다."

같은 해인 36년에 카뮈는 ≪기독교적 형이상학과 신플라톤 철학: 플로티노스와 성 아우구스티누스Métaphysique chrétienne et néoplatonisme≫라는 제목의 논문으로 교수자격시험 응시에 꼭 필요한

심사를 우수한 평점으로 통과한다. 하지만 1938년 10월, 건강 문제로 철학 교수 자격시험의 응시 자체가 좌절되고 만다. 그때가 교수의 꿈을 접고 기자 카뮈의 길로 접어드는 결정적 계기가 됐다.

1938년 창간된 일간지 〈알제 레퓌블리캥Alger Républicain〉은 카뮈가 정식 기자로 일하게 된 첫 신문사이다. 1930년대 후반, 반(反)파시즘의 광범위한 통일전선을 일컫는 인민전선의 노선에 가깝지만 비공산주의계 지식인들이 만든 이 신문은 정치권력과 무관한 정직한 신문, 즉 노동자들의 신문을 표방했고, 특히 알제리 원주민들의 정치적 평등을 주장했다. 철학 교수 자격시험도 보지 못하고, 지방의 임시교사 자리도 고사한 채 기상대 임시직으로 일하던 카뮈를 이 신문의 편집 기자로 데리고 온 편집장 파스칼 피아에게 카뮈는 '담뱃불을 빌려주는 사람들 간의 미묘한 동류의식'을 느낀다.
이후 피아의 지원은 카뮈의 삶에 선한 영향력을 발휘하게 된다. 카뮈는 이 신문에 실명으로는 약 50여 편, 그 외의 기사까지 모두 합치면 150여 편의 기사를 싣게 되는데, 주로 사회면 기사 및 르포 기사와 〈독서살롱〉란에 문학작품 서평을 썼다. 우선 사회면 및 르포 기사는 재판과 관련된 여러 기사를 통해 부당한 재판의 사례를 쟁점화시켜 국가 기관의 부당함을 고발하는 역할을 했다. 1939년 6월 5일부터 15일까지 연재한 르포 《카빌리의 비참Misère de la Kabylie》은 그가 기자로서 이름을 제대로 알리게 된 계기가 되었다. 이는 알제리 북부 카빌리의 인구과밀과 생산량 부족, 기근에 방치된 사람들의 실태를 고발한 기사로서, 카빌리인들의 진정한 동화를 위해서는 프랑스인과의 구별 짓기를 멈추고 이들 스스로 정체성을 유지할 수 있도록 지원해야 한다는 내용을 담았다. 알제리의 독립까지는 고려하지 않았다는 정치적 의식의 한계에도 불구하고 이 기사는 피식민인들의 실상을 이해하고 이들에게 실질적인 개선책을 제시하려는 카뮈의 열정적인 노력을 보여준다.

하지만 이 기사가 카빌리의 정치적 특수성이나, 프랑스 식민정부의 분할정책, 여기에 부역하는 알제리인 지주 등 구조적인 문제에 대해서 전혀 언급하지 않은 점은 두고두고 카뮈의 약점으로 남는다. 이후 그에게 '착한 식민주의자'라는 오명을 안겨 주는 한 가지 요인이 되기도 했다.

〈독서살롱〉란은 카뮈가 소설에 대한 사고를 형성해 나가는 중요한 기회였다. 카뮈의 독창적인 필체는 서평가인 그의 감수성이 주목을 끌게 되는 결과를 낳기도 했다. 그가 서평을 쓴 책의 저자 중에는 장 폴 사르트르도 있다. 1938년 10월 20일 자 〈독서살롱〉란에 카뮈는 사르트르의 『구토La Nausée』에 대한 서평을 싣는다. 카뮈는 소설이란 이미지로 그려진 철학이지만 그 철학이 소설의 인물과 행동을 넘어서서 대놓고 작품을 이해하는 지침으로 자처한다면 소설은 그 진정성과 생명력을 잃는다고 했으며, 『구토』를 소설(이미지)과 철학 간의 불균형의 사례로 설명했다. 변방의 초보 평론가는 파리의 유명 작가 사르트르의 '무한한 재능'과 향후 그에 대한 기대를 강하게 피력하고 있지만 왠지 까칠한 그의 어조는 두 사람의 근원적 기질 차이와 이후 전개될 둘의 행보를 미리 보여주는 듯했다.

이 조그만 서평이 갖는 또 다른 주요 의미는 이것이 1942년 출간될 철학 에세이 『시지프 신화Le Mythe de Sisyphe』를 예고하고 있다는 점이다. 『구토』의 서평이 이야기하고 있는 소설과 철학의 관계,

부조리의 최후 결론, 희망 등이 이 에세이 속에서 좀 더 개념적이고 풍부한 맥락을 통해 설명되고 있기 때문이다.

1943년, 이번에는 사르트르가 ≪이방인 해설L'Explication de L'Étranger≫을 발표한다. 하지만 그때까지도 두 사람은 만난 적이 없었다. 둘의 첫 대면은 몇 달 후 파리에서 열릴 사르트르의 희곡『파리떼Les Mouches』의 리허설을 기다려야 한다.

카뮈의 천직은 문학에 가까웠기 때문에 만약 대학교수 자격시험에 통과할 수 있었더라면 신문기자라는 직업을 택하지는 않았을 것이다. 삶의 좌표는 느닷없이 닥친 질병 때문에 수정될 수밖에 없었고, 줄곧 국가장학금으로 학업을 이어왔던 그였기에 학교 바깥에서의 생계는 스스로 책임져야 했다. 그런 점에서 카뮈가 기자직을 선택한 것은 저널리즘에 대한 남다른 신념의 발로라고 보기는 어렵지만 뜻하지 않게 시작된 기자 일에 그는 조금씩 매료되었다. 그의 기자 시절은 사회와 정치에 대한 관심과 참여라는 차원뿐만 아니라, 작가 수업에 있어서도 아주 중요한 시기였다.

부조리 – 『이방인L'Étranger』과 시지프의 시간

카뮈의 사상적·문학적 여정은 1. 부조리 2. 반항 3. 사랑으로 구분할 수 있다. 첫 단계에 속하는 작품들, 일명 '부조리군'의 작품들로는 소설 〈이방인〉, 희곡 〈칼리굴라Caligula〉, 철학 에세이 〈시지프 신화〉가 꼽힌다. 이중 1942년, 5개월의 시차를 두고 출간된 『이방인』과 『시지프 신화』는 서로의 의미를 비교적 명확히 밝혀 주고 있다. 앙드레 말로와 사르트르는 이러한 관계를 한 눈에 알아본 작가들이었다. 카뮈가 이후 픽션으로서 『이방인』의 문학적 독창성을 간과한 듯한 사르트르의 해석을 그다지 달가워하지 않았음에도 불구하고, 『이방인』은 『시지프 신화』의 부조리 이론을 이미지로 훌륭하게 녹여 낸 소설이 분명하다. 삶의 무의미와 무관심을 당당히 말하면서도 그 누구보다 삶에 대한 폭발적인 열정을 지닌 주인공 뫼르소는 부조리의 결론인 반항과 자유와 열정을 탁월하게 구현하고 있기 때문이다. 끊임없이 굴러떨어지는 바위를 산 정상으로 다시 굴려 올리는 시지프에게는 무용한 노동 그 자체가 목적이고 별도의 자기 정당화를 찾을 필요가 없다.

그리고 끊임없이 바위가 굴러떨어지는 삶의 매 순간을 직시하고 그것을 온몸으로 밀어 올릴 뿐, 삶의 다른 효용을 염두에 두지 않은 채 그것이 삶 자체임을 보여주는 소설이 바로 『이방인』이다. 의미와 희망을 잃어버린 세계를 냉정히 인정하는 뫼르소는 가끔 위태로워 보이기도 하지만, 불가능해 보이는 나름의 행복을 위해 자신의 에너지를 사용하는 인물이다. 어느 날 문득 익숙한 삶이라는 무대 장치가 무너지며 찾아온 삶의 무의미는 익숙했던 인간적 의미망을 회복시켜주지 않는다. 즉 세상의 통일성과 분명함에 대한 향수에 시달리는 인간과 이러한 인간에게 그 어떤 희망적 해답도 거부하는 침묵의 세상이 해결되지 않는 모순처럼 '대면'하는 상태가 카뮈가 말하는 부조리의 개념이다. 뫼르소는 자살이나 기만적 희망으로 도피함으로써 이러한 부조리로부터 애써 탈출하는 대신 삶의 숙명적 유한성과 절대나 초월로 수렴되지 않는 세상의 다양성을 고스란히 받아들인다. 기존의 가치체계에 따라 더 '잘' 살려고 하기보다는, 묵묵히 오늘을 살아갈 뿐인 그의 모습은 가치와 의미 속에 스스로를 가두지 않는 자유와, 주어진 삶을 남김없이 '소진'하려는 부조리의 열정을 보여준다.

카뮈는 이런 부조리를 온몸으로 구현하는 영웅으로 소환된 신화 속 시지프는 어쩌면 '행복할지도' 모른다고 상상한다. 뿐만 아니라 스스로를 '설명'하지 않고 카메라의 렌즈를 통해 자신을 바라보듯 '묘사'에만 그치는 1인칭 화자 뫼르소는 『시지프 신화』에서 가장 열렬한 부조리 인간으로 제시되는 예술가의 창작 방식을 고스란히 따르고 있다. 즉 그는 '덜 말하고' 희망을 배제한 채 의미 있는 결론 제시라는 유혹을 과감히 뿌리치고 있는 것이다.

열일곱 살에 너무 일찍 찾아온 죽음의 그림자는 카뮈로 하여금 삶을 죽음이라는 필연적 결말 속에서 인식하게 하였다. 하지만 이러한 부조리의 인식은, '지상의 굴곡진 해안과 눈부신 바다, 대지의 미소'를 떠나 하데스로 가기를 거부한 시지프처럼, 지중해의 태양과 바다, 가난까지도 사랑할 수밖에 없는 그가 어떤 식으로든 살아야 할 의미를 만들어 가지고자 했던 열띤 노력의 산물이 아니었을까.

반항의 시기 – 『페스트』와 행동의 시대

1942년 8월부터 카뮈는 고산지대에서의 요양을 위해 프랑스

중부의 한 마을에 머물고 있었다. 『작가수첩2Carnets II』에서 말했듯 "나름의 규칙과 절제와 침묵과 영감을 갖춘 수도원 같은 병(病)" 속에서 막 초고를 쓰기 시작한 소설이 바로 『페스트La Peste』이다.

우선 이 소설은 오랑이라는 알제리의 한 도시에서 창궐한 페스트와 이 전염병이 사라질 때까지 맞서 싸운 사람들의 이야기이다. 독일의 프랑스 점령기와 해방을 거치는 동안 상당 부분 수정된 이 소설 속에는 전쟁을 연상시키는 사건들이 은유적 방식을 통해 등장하고 있다. 인간의 의지와는 무관하게 발생하지만 금방 종식될 순간의 악몽이 아니라 견고하게 지속됨으로써 그 누구도 자유로울 수 없는 페스트와 전쟁이 서로 맞닥뜨리는 것이다. 나아가 무한 지속되는 페스트는 전체주의의 알레고리이기도 하다. 전쟁은 페스트처럼 개인을 고독 속에 빠뜨려 공존의 의미를 소멸시킬 뿐 아니라, 사람들로 하여금 초반의 비장한 고통을 잊게 만들고 상상력을 고갈시키며 절망에 순응시킨다.

카뮈 자신이 1955년 롤랑 바르트에게 보낸 편지에서 명확히 밝혔듯이 "『페스트』가 분명히 담고 있는 내용은 나치즘에 대한 유럽의 저항"이다. 그렇다면 의사 리유를 비롯해 자원봉사자들의 '보건의료대'를 조직한 사람들은 레지스탕스로 보아도 무방할 것이다. 다시 말해 이 소설 속 중요 인물들은 현실 참여 속에서 삶의 이유를 발견한다. 재난에 맞서 투쟁하고 악에 순응하기를 거부하는 이들의 태도는 바로 '연대solidarité'의 토대를 이룬다. 여기에서 카뮈가 부조리의 시기로부터 반항의 시기로 이행했다는 것을 알 수 있다.

"『이방인』과 비교해 볼 때, 『페스트』는 고독한 반항의 태도로

부터 함께 투쟁해야 하는 공동체의 발견으로 나아가는 과정을 보여
줍니다. 『이방인』과 『페스트』 사이에 진전이 있다면 그것은 연대와 참
여의 흐름 속에서 형성된 것입니다."

- A. 카뮈, 롤랑 바르트에게 보낸 편지, 1955년 1월 11일

데카르트의 코기토는 여기서 '나는 반항한다. 고로 우리는 존
재한다'로 변주된다.

본격적으로 『페스트』 집필에 몰두했던 1943년부터 칩거에 가
까운 요양 생활을 벗어나 외부와의 접촉을 늘려가는 카뮈의 행보
는 이 소설에 나타난 행동 및 참여의 주제와 무관하지 않다. 1943년
10월부터는 항독 레지스탕스 기관지 〈콩바Combat〉의 활동에 참여
하기 시작한다. 그 와중에 11월에는 갈리마르 출판사의 편집위원으
로도 임명된다. 1944년 8월, 파리 해방 후에는 〈콩바〉 사설에 부역
자의 숙청 필요성을 역설한다.

하지만 이듬해에는 사형 제도를 거부하는 자신의 원칙에 충실
하기 위해 부역자인 작가 로베르 브라지야크Robert Brasillach의 사면
탄원서에 서명한다. 하지만 이 작가는 결국 총살형에 처했다. 알제리
의 민중봉기와 그에 대한 무자비한 탄압에 대해서도, 히로시마 원폭
투하에 대해서도 그의 사설은 이어진다. 견해 차이로 〈콩바〉와 1년
가까이 관계하지 않은 적도 있지만, 1947년 3월에는 신문의 운영을
맡기도 했다.

하지만 특정 정당의 대변지가 되기를 거부한 그의 입장은 정
신적 동지이자 〈시지프 신화〉의 헌사 대상이기도 했던 파스칼 피아
와의 10년 우정을 끊어낼 정도로 강경했다. 5월에는 3월부터 시작된

식민지 마다가스카르 폭동의 무력 진압에 항의하는 반(反)정권적 성격의 기사를 쓰고 결국 6월에 그는 〈콩바〉에서 완전히 물러난다. 그로부터 일주일 후 『페스트』가 출간된다. 전후 위대한 소설가의 하나로 이름을 올리게 되는 결정적 계기였다.

11월에는 미국과 소련에 대한 프랑스의 독자적 입장 견지를 촉구하는 서명 운동에도 참여한다. 48년에는 미국과 소련의 영향력에서 자유로운 사회주의 유럽을 건설하려는 목적으로 사르트르 등이 주도적으로 창설한 '혁명적민주주의 연합(R.D.R.)에 대해서도 1여 년 동안 지지의 입장을 견지한다. 이후에도 그는 쉼 없이 지지하고 비판하고 서명하며 논쟁한다. 뫼르소로부터 의사 리유로의 진행은 프랑스 본토뿐만 아니라 국제적 차원의 현실 참여를 요구하고 있었다. 1951년 10월, 카뮈는 갈리마르 출판사에서 『반항하는 인간 L'Homme Révolté』을 출간한다. 그는 앞으로 자신이 치러야 할 대가를 예감하고 있었다. 혹독한 비판, 진정 유쾌하지 않은 논쟁이 시작되려는 참이었다.

『반항하는 인간』과 반(反)전체주의 ― 결별과 고립의 시기

카뮈가 『반항하는 인간』을 쓰게 된 주요 동기는 당시 역사적 신화로 군림하던 공산주의를 비롯해 모든 형태의 전체주의를 비판하는 것이었다. 그 시도 중 하나가 바로 메를로퐁티의 『휴머니즘과 폭력Humanisme et Terreur』에서 전개된 '진보적 폭력'을 비판하는 것이었다. 진보적 폭력이란 당시 공산주의라는 더 나은 미래의 건설을 위해서 현재에 행해지는 폭력이며, 그런 의미에서 '진보적'인 이 폭력은 용인될 수 있다는 입장이다.

하지만 카뮈는 목적이 정당하다고 폭력이라는 수단이 정당화될 수 없는 것처럼, 정의라는 이름의 미래가 현재의 불의를 합리화할 수는 없다고 보았다. 카뮈는 이 '진보적 폭력'이 소련의 집단 수용소에서 자행되는 살인을 정당화하는 것을 결코 인정할 수 없었다.

출간 이듬해인 1952년 5월, 〈현대Les Temps Modernes〉지-1945년 사르트르가 창간한 잡지-의 발행인 사르트르는 이 책에 대한 서평을 프랑시스 장송에게 의뢰한다. 이즈음 적극적인 정치적 행보에 나서기 시작한 사르트르는 잇달아 책을 출간하며 자신의 실존주의 사상을 대중화시키고 있었다. 거의 모든 정치적 사안에 대해 입장을 피력함으로써 카뮈보다 작가나 사상가로서의 입지를 더 탄탄히 다져나간 시기이기도 하다.

하지만 카뮈는 이미 1946년 말부터 마르크스주의자와 사르트르 진영의 실존주의자들과 거리를 두고 있었다. 『반항하는 인간』이 출간된 1952년은 스탈린주의가 절정에 달한 시기였고, 사르트르가 공산주의 편에 선 '냉전의 지식인'으로 확실히 자리 잡고 있던 중이었다. 이런 상황에서 『반항하는 인간』은 사르트르를 비롯한 〈현대〉지 편집진을 불편하게 만들 수밖에 없었고, 서평의 필자를 찾는 일은 쉽지 않았다. 사르트르의 측근이자 과격한 젊은 좌파 장송은 서평을 자임했다. 그의 서평 「알베르 카뮈 혹은 반항하는 영혼」은 혹독했고 "믿기 어려울 정도의 폭력"이었다. 예상치 못한 혹평에 좌절을 맛본 카뮈는 서평자 장송이 아닌 잡지 발행인 사르트르 앞으로

반론의 편지를 보낸다. 장송의 서평이 곧 사르트르의 입장이라는 생
각 때문이었다. 이후 이어진 사르트르의 답변과 장송의 훨씬 더 가
혹한 재반론이 〈현대〉지에 함께 발표된다.

『반항하는 인간』은 '실패한 위대한 책' - 장송

나의 책은 역사를 부정하는 것이 아니고 오직 역사를 절대시
하려는 태도를 비판하려 할 뿐이다. (⋯)
　　　　　　　　-카뮈, 〈현대〉지 편집장에게 보내는 편지

당신과 나의 우정은 평탄하지 않았고, 나도 유감으로 생각하
던 참이다. 당신이 이제 그 우정마저 끊으려 한다면 당연히 그렇게 할
수밖에 없다. 여러 면에서 당신과 나는 가까웠고, 근소한 면에서 멀
었다. 그러나 그 근소한 면으로 충분하다. (⋯)
당신은 비평가들과 토론하거나, 반대하는 자들과 대등하게 논
쟁할 생각이 없다. 당신의 목적은 '가르치려 드는' 것이다. (⋯)

당신의 책이 오직 당신의 철학적 무능력을 증명하고 있을 뿐이
라면? (⋯) 당신의 사상이 애매하고 평범한 것이라면? 장송은 그저 그
빈약함에 놀랐다고 한다면?
　　　　　　　　- 사르트르, 알베르 카뮈에게 답한다.

사르트르의 어조 속에는, 카뮈의 문학적 재능은 인정하지만
그것은 오히려 그의 철학적 무능력을 비난하기 위한 인정이라는 것

이 뚜렷이 드러난다. 카뮈에게 '계급연대'를 설교하는 사르트르는 단호하게 카뮈의 모든 정당성을 부정한다. 사르트르의 이 길고도 신랄한 비판은 카뮈를 프랑스 지식인 사회로부터 결정적으로 파문시키는 결과를 가져왔다. 그간 묻혀 있던 두 사람의 차이와 거리를 확인시켜 준 이 사태는 돌이킬 수 없는 지경에 이른다. 불화는 명백했고 결별은 피할 수 없었다.

이들의 불화에 세간의 수많은 반응이 이어졌지만, 당시 카뮈의 수세적 상황을 부정할 수는 없을 것이다. 극한 대립과 폭력의 세기에 관용과 대화라는 모호한 휴머니즘에만 호소한다는 비판, 역사의 바깥으로 물러나 앉은 고매한 영혼의 소유자 또는 무책임한 이상주의자라는 낙인도 피할 수 없었다. 좌·우파 모두로부터 고립된 카뮈는 그 전부터도 적응하지 못했던 파리의 지식인 사회로부터 더욱 멀어지게 된다. 모든 것이 정치적·이데올로기적 대립으로만 환원되던 시대가 낳은 결과였다.

'사랑'과 뿌리 찾기의 시기

작가는 늘 어려운 숙제들과 함께 합니다. 원칙적으로, 작가는 오늘날 역사를 감내하는 이들에게 봉사합니다. 그렇지 않으면 자신의 예술을 박탈당한 채 홀로 덩그러니 남게 되기 때문입니다. 폭압 정치 하에서 수백만의 군인을 소유한 군대라 할지라도 예술가를 그의 고독으로부터 나오게 할 수는 없을 것입니다.

하지만 이 세상 저 반대쪽 한끝에서 굴욕 속에 방치된 이름 없는 한 죄수의 침묵은 고립 속의 작가를 세상 속으로 충분히 이끌어 낼 수 있습니다. 적어도, 그 작가가 자유라는 특권 한가운데에서 이 침묵을 잊지 않고 예술이라는 수단을 통해 세상에 울려 퍼지게 할 수 있다면 언제나 가능한 일입니다.

우리의 고귀한 작업은 거짓말을 거부하는 것과 억압에 저항하는 것, 두 가지 약속에 뿌리를 두고 있습니다. 글을 쓰는 행위는 내 처지와 내 능력에 따라, 같은 역사를 살았던 모든 이들과 더불어, 우리가 공유했던 불행과 희망을 버틸 수 있도록 해 주었습니다. 진리란 늘 손에 잡히지 않고 우리 손가락 사이를 빠져나가 버리는 불가사의한 것입니다. 자유는 우리를 열광케 하지만 그만큼 위험하고 실천하기 힘든 것입니다.

우리는 이 두 가지 목표를 향해 고통스럽지만, 결연히 나아가야 합니다. 같은 투쟁에 함께 뛰어들었지만 아무런 보상도 받지 못하고 오히려 불행과 박해만 겪어야 했던 모든 이들에게 드리는 오마주 hommage로 이 영광을 받아들이고자 합니다.

– 1957. 노벨상 수상연설 중

44세가 되던 1957년 10월, 스웨덴 한림원은 "오늘날 인간의 의식에 제기되는 문제들을 진지한 날카로움으로 조명한 카뮈의 작품들에 대해" 노벨 문학상을 수여했다 – 1954년부터 후보군에 거론되었던 카뮈는 프랑스 작가로서는 아홉 번째 수상자이고, 역대 두 번째로 젊은 수상자였다. 그가 말하는 작가의 의무는 역사를 감내하는 약자에 봉사하고, 이름 없는 죄수의 침묵을 울려 퍼지게 만들며,

거짓말을 거부하고 억압에 저항하는 것이었다.

하지만 노벨상 수상 이후에도 프랑스에서의 그의 고립적 상황은 전혀 나아지지 않았다. 같은 해 12월에 있었던 스톡홀름 대학교에서의 강연 도중, 한 청년으로부터 알제리 독립전쟁에 대해 자신이 보여준 미온적 태도를 공격하는 질문에 그는 '나는 정의를 믿지만, 정의보다 먼저 나의 어머니를 옹호한다'는 답변을 내놓았다. 사실 카뮈는 식민지 알제리의 사회적·정치적 상황이나 알제리 민족주의에 대한 날카로운 이해보다는 자신의 육체적·심정적 고향으로서의 알제리를 더 우선시해온 사람이었다. 위의 답변은 기존 입장의 재확인이었다.

이듬해 1958년에도 알제리의 독립 이외의 알제리 전쟁의 해결책을 거부한 사르트르와 달리, 카뮈는 프랑스-아랍공동체 혹은 연방제라는 해결책을 주장함으로써 제국주의 프랑스의 입장을 강화하는 결과를 낳고 만다. 독립전쟁으로 인해 자신의 가족을 비롯한 무고한 사람들이 죽어가는 것을 지켜볼 수만은 없다는 것이 그의 기본 입장이었다.

작가로서 늘 염두에 두어야 할 대상으로 언급한 세상의 약자들과 알제리의 무고한 희생자들에 대한 그의 애정은 아버지에 대한 사랑으로 이어졌다. 아버지의 고향인 알제리의 울레드파예트를 찾을 당시, 오랫동안 그의 삶과 작품 속에 공백으로 남아있던 아버지의 이야기이자 알제리 프랑스인들의 이야기인 유고작 『최초의 인간』은 상당히 진척되어 있었다. 40대 남성이라는 것 말고는 직업도 가족관계도 모호한 주인공 겸 화자인 자크는 힘들게 삶을 이어온 가족, 자기보다 젊은 나이에 죽은 아버지, 말 없고 무심한 어머니에 대해 솔직하게 이야기를 이어간다. 이 책에서는 앞선 『전락』에서의 조롱과 풍자, 논쟁은 찾아볼 수 없다.

작가는 마음 가는 대로 자식으로서의 감정과 가족애에 따뜻하게 집착한다. 진솔한 내면의 고백인 『최초의 인간』은 그런 점에서 무엇보다 '사랑'에 관한 책이다. 『작가수첩1Carnets I』에서 그는 이렇게 쓰고 있다.

"세계는 진실을 제시하지 못하지만 사랑을 준다.
부조리가 지배하고 사랑이 부조리에서 구원해준다."

그는 결코 극복되지 못할 것 같은 부조리를 사랑이 구원해줄 것이라고 믿었다. 그가 평생에 걸쳐 이루고자 했던 3단계의 과업, 부조리-반항-사랑에서 사랑은 그의 생전에는 세상 빛을 보지 못했다. 그 사랑에 관한 첫 번째 작업 『최초의 인간』은 갈리마르 출판사에서 1994년 4월에 출간되었다.

카뮈 평전의 저자 올리비에 토드에 따르면, 스무 살의 카뮈는 작가가 죽으면 그 작품의 중요성이 과장되는 것처럼 한사람이 죽으면 그의 위상도 과대평가 받게 된다고 말한 적이 있다. 반면 과소평가 되는 경우도 있다. 한 작가의 작품과 행동이 좀 더 객관적으로 균형 있는 시각을 통해 가늠되어야 마땅한 경우도 있다. 지중해의 예술가, 현대적 사상가, 고전적 모럴리스트, 소설가, 희곡작가, 에세이 작가, 통찰력 있는 기자, 프랑스의 최연소 노벨 문학상 수상 작가…, 카뮈를 정의하는 타이틀은 다양하다. 20세기의 동향인들 중 그만큼

해설

세계적인 독자층을 가진 이도 드물다.

　그러나 일찍 찾아온 명성은 그만큼 신랄한 비판도 동반했다. 이데올로기가 지배하던 시절, 개인과 민주적 절차를 지지하는 그의 현실참여는 당시로서는 급진적이지 않은 온건한 태도 때문에 평가 절하되었고, 그의 문학적 글쓰기 역시 오랫동안 제대로 이해받지 못한 면이 있다. 『이방인』과 『페스트』가 너무 서둘러 평가를 받는 바람에 좀 더 개인적인 글들이 충분한 평가를 받는 데 걸림돌이 되기도 했다는 목소리도 있다. 특히 『반항하는 인간』은 냉전 속의 논쟁이라는 프리즘을 통해서만 읽혔다.

　오늘날 역사의 시대, 심판의 시대는 지나갔다. 프랑스를 비롯한 유럽과 전 세계의 지정학은 바뀌었고 위대한 거대 담화의 시대도 지나갔다. 그렇다고 해서 사르트르의 시대가 가고 카뮈의 시대가 왔다고 할 수 있을까. 카뮈와 사르트르, 이 두 사람은 이미 만기가 지나버린 한 시대의 상징들이다. 중요한 것은 외부적이고 시대적인 편견을 가능한 지우고 다양한 글쓰기로 자신을 드러내고 있는 한 위대한 작가의 글 자체가 자신의 사고와 감성과 어떤 식으로 조우하는지 가만히 느껴 보고자 하는 독자의 노력일 것이다.

작가 연보

1913 프랑스 식민지 알제리의 소도시 몽도비Mondovi에서 이민자 집안의 2남 중 막내로 태어남. 아버지는 포도 농장의 노동자.

1914 1차 대전에 프랑스 보병으로 징집된 아버지가 프랑스 본토의 마른 전투에 서 사망함. 이후 카뮈는 어머니와 형, 외조모와 함께 알제리의 수도 알제 의 빈민촌에서 성장함.

1918~1923 공립 초등학교 재학. 이때 만난 루이 제르맹Louis Germain 선생님은 가난한 카뮈가 학업을 이어갈 수 있도록 물심양면으로 도움. 훗날 카뮈는 노벨상 수상 연설집 〈스웨덴 연설〉을 이 선생님께 바침.

1923~1930 중등교육 및 대학 입학. 1928년부터 알제 대학 축구팀의 골키퍼로 활약함. 1930년경 폐결핵 첫 발병. 철학 교수님 장 그르니에Jean Grenier 만 남. 결핵, 병원, 눈앞에 닥친 죽음은 인생에 중차대한 의미를 남김.

1933~1935 알제 문과대 철학 학사 학위, 고전문학 학사 학위.

1934 시몬 이에Simone Hié와 첫 결혼. 18개월 후 사실상 결별.

1935 자전적 에세이를 쓰기 시작함. 그중 몇 편은 손질을 거쳐 이후 『안과 겉 L'Envers et l'endroit』에 수록. 이즈음부터 기상청 직원, 선박 중개인, 시청 직 원 등 여러 직업 전전함.

1935~1936 철학 학위 논문 〈기독교적 형이상학과 신플라톤주의Métaphysique chrétienne et néoplatonisme〉 준비함. '노동극단' 창단.

1937 산문집 『안과 겉』 출간. 요양 및 이탈리아 여행. 공산당을 탈퇴하면서 노동극단의 책임직도 사퇴함. 건강 문제로 철학 교수 시험에 응시하지 못함.

1938 부조리에 관한 에세이 착상. 미발표 소설 『행복한 죽음La mort heureuse』 완성. 알제에 창간된 신문 〈알제 레퓌브리캥 Alger Républicain〉에 기자로 취직함. 문학 서평란을 통해 사르트르의 『구토 La Nausée』에 관해 비판적 견해 드러냄. 그 외 르포 기사 〈카빌리의 비참〉 등 150여 편의 기사 작성함. 산문집 『결혼 Noces』 출간.

1939 일간지명이 〈수아르-레퓌블리캥 Soir Républicain〉으로 변경되고 카뮈가 편집장이 됨.
『이방인 L'Etranger』 쓰기 시작함. 『시지프 신화 Le Mythe de Sisyphe』 역시 간단한 메모 형식으로 시작함. 건강 문제로 자원입대를 거부당함.

1940 〈수아르-레퓌블리캥〉이 발행금지 처분됨.
〈알제 레퓌블리캥〉의 초대 편집장이었던 파스칼 피아의 추천으로 프랑스 본토의 〈파리 수아르 Paris-Soir〉 편집부 기자가 되어 파리로 떠남. 독일의 파리 점령이 임박하자 편집부 직원들과 지방 여러 도시들로 피난을 떠남. 피난 중이었던 12월, 수학 교사 프랑신 포르Francine Faure와 재혼. 〈파리 수아르〉의 감원 조치로 알제리의 오랑Oran으로 귀향함.

1941 철학 에세이 『시지프 신화』 탈고. 전염병 티푸스가 알제리, 특히 오랑에 창궐함. 소설 『페스트La Peste』 준비

1942 폐결핵 재발. 『이방인』이 프랑스의 갈리마르Gallimard 출판사에서 출간됨. 8월, 프랑스로 요양을 떠남. 『시지프 신화』 출간됨.

1943 장-폴 사르트르의 희곡 『파리떼 Les Mouches』의 파리 리허설 때 사르트르와 시몬 드 보부아르를 처음 만남.
12월, 레지스탕스 기관지 〈콩바Combat〉에 본격 가담하고 이듬해 편집국 책임자가 됨.

1944   〈오해Le Malentendu〉와 〈칼리굴라Caligula〉, 한 권으로 갈리마르에서 출간.

초연한 연극 〈오해〉에서 스페인 여배우 마리아 카자레스에 매혹됨.

나치로부터 파리 해방. 〈콩바〉 사설에서 나치 부역자 숙청 필요성 역설함.

1945   사형반대론자로서 부역 작가 브라지야크의 사면 청원서에 서명.

쌍둥이 남매 장과 카트린 출생, 11월, "저는 실존주의자가 아닙니다"라는 인터뷰를 함

1947   〈콩바〉에서 사임, 소설 『페스트』가 출간되고 상업적으로도 성공함.

1948   파시즘과 공산당의 전체주의와 그에 대한 저항의 희곡 『계엄령L'Etat de Siège』 출간. 연극은 흥행 실패.

1949   러시아 혁명가들의 실화를 소재로 한 희곡 『정의의 사람들 Les Justes』 출간

1950   『시사평론I』 출간.

1951   철학 에세이 『반항하는 인간 L'homme révolté』 출간.

12월, 이 책에 대한 비판이 등장하기 시작함.

1952   사르트르로부터 『반항하는 인간』 서평을 의뢰받은 프랑시스 장송이 잡지 〈현대Les Temps Modernes〉에 카뮈에 대한 모욕적인 서평 발표. 스페인 프랑코 정권의 유네스코 가입 반대 서명 동참함. 〈현대〉에 장송이 아닌 이 잡지 발행인 사르트르 앞으로 반론 편지 발표함. 일련의 논쟁 후 사르트르와 결별.

1953   동베를린 노동자 봉기를 무력 진압한 공산당 정권에 항의함. 『시사평론II』 출간. 북아프리카 시위대가 파리 경찰에 폭행 당하자 〈르몽드Le Monde〉를 통해 항의함

1954   산문집 『여름 L'été』 출간. 알제리 독립을 위한 민족주의 시위 시작됨.

1955   알제 방문하여 어린 시절 살았던 동네 방문. 『최초의 인간 Le premier homme』에 수록될 추억들 탐방함. 알제리 독립전쟁에 대해 '프랑스연방'으로서의 알제리라는 정치적 해결책을 호소함.

1956   알제에서 '민간인 휴전'을 위한 호소문 낭독함.

5월, 갈리마르에서 소설 『전락 La Chute』 출간

1957 소설『적지와 왕국 L'Exil et le Royaume』출간. 노벨 문학상 수상자로 선정. 스톡홀름 노벨상 수상 연설, 스톡홀름 대학교 대강당 강연.

1958 알제리의 대규모 시위. '프랑스령 알제리'와 알제리 독립 양측에 모두 거리 두기. 알제리에 대한 일체의 공식적 입장 표명을 자제함.

1959 도스토예프스키의 〈악령〉 각색, 연출하고 상연함. 4월부터 남프랑스의 작은 마을 루르마랭Lourmarin에 체류하기 시작함.

1960 미셸 갈리마르가 운전하는 자동차로 파리로 출발했다가 파리 인근에서 교통사고로 현장에서 사망. 루르마랭의 공동묘지에 묻힘.

이방인

클래식 라이브러리 016

1판 1쇄 인쇄 2024년 12월 16일
1판 1쇄 발행 2024년 12월 24일

지은이 알베르 카뮈
옮긴이 박언주
펴낸이 김영곤
펴낸곳 아르테

편집팀 정지은 김지혜 이영애 김경애 박지석 양수안
출판마케팅팀 한충희 남정한 나은경 최명열 한경화
영업팀 변유경 김영남 강경남 황성진 김도연 권채영
전연우 최유성
제작팀 이영민 권경민
디자인 김단아

출판등록 2000년 5월 6일 제406-2003-061호
주소 (우 10881) 경기도 파주시 회동길 201(문발동)
대표전화 031-955-2100
팩스 031-955-2151

ISBN 979-11-7117-966-4 04800
ISBN 978-89-509-7667-5 (세트)

아르테는 (주)북이십일의 문학·교양 브랜드입니다.

『슬픔이여 안녕』『평온한 삶』『자기만의 방』『위더링 하이츠』『변신』『1984』『인간 실격』『도리언 그레이의 초상』
『월든』『코·초상화』『수레바퀴 아래서』『데미안』『비곗덩어리』『사랑에 대하여』『허클베리 핀의 모험』『이방인』
『라쇼몬』『위대한 개츠비』『작은 아씨들』

클래식 라이브러리 시리즈는 계속 출간됩니다.

작품으로 만나는 거장의 숨결
아르테 세계문학 시리즈 '클래식 라이브러리'

채널로 만나는 클래식 라이브러리 시리즈

+ 인스타그램 북이십일 | www.instagram.com/book_twentyone
+ 지인필 | www.instagram.com/jiinpill21
+ 아르테 | www.instagram.com/21_arte

홈페이지 | www.book21.com

클래식 클라우드

거장을 만나는 특별한 여행

우리 시대 대표 작가 100인이 내 인생의 거장을 찾아 떠난다
책에서 여행으로, 여행에서 책으로, 나의 깊이를 만드는 클래식 수업

∗ 클래식 클라우드 시리즈는 계속 출간됩니다 ∗

일상에 깊이를 더하는 **클래식 클라우드 유튜브!**
클래식한 삶을 위한 인문교양 채널-저자 인터뷰, 북트레일러-에서 영상으로 만나보세요.

클래식 클라우드-책보다 여행
누적 재생 수 1000만 회, 네이버 오디오클립, 팟빵에서 검색하세요.

채널로 만나는 클래식 클라우드 시리즈

+ 인스타그램 북이십일 | www.instagram.com/book_twentyone
+ 지인필 | www.instagram.com/jiinpill21
+ 아르테 | www.instagram.com/21_arte

홈페이지 | www.book21.com